Besuchen Sie uns im Internet:

www.kirchenshop-online.de

© Michael Zapf

Die Autorin, Dr. phil., lebt als freie Schriftstellerin in Hamburg. *„Regula Venske gehört zu Deutschlands ungewöhnlichsten Krimiautoren, deren Romane großen Unterhaltungswert besitzen.“ (literaturmarkt.info)*
Sie erhielt u.a. den Oldenburger Jugendbuchpreis, den Deutschen Krimipreis und das Lessing-Stipendium der Stadt Hamburg. 2003 gab sie den Sammelband *„Du sollst nicht töten! Zwölf Verbrechen aus der Bibel“* heraus. Zuletzt erschienen ihre Kriminalromane *„Der Bajazzo“* und *„Ein allzu leichter Tod“*.

ISBN 978-3-8048-4510-7

Coverfoto: Oliver Knist, Hamburg
Reihengestaltung: Ingo Wulff, Kiel

Regula Venske

DER ZWEITE STEIN

*K*irchentags*K*rimi

Friedrich Wittig Verlag

I.

Donnerstag, 2. Mai

1. Als sie die Menschentrauben auf dem Bahnsteig sah, hätte Ute Tauber am liebsten kehrtgemacht und sich gegen die U-Bahn entschieden. Ein Taxi wäre deutlich bequemer gewesen. Allerdings wäre sie damit um diese Uhrzeit nicht unbedingt schneller an ihr Ziel gekommen, im Gegenteil. Es war Rushhour in Hamburg und Kirchentag noch dazu: Zu den Touristen, die das verlängerte erste Maiwochenende dazu nutzten, endlich einmal etwas für ihre Bildung zu tun und sich, wenn schon nicht Hamburg, so doch wenigstens die zehntausendste Vorstellung vom *König der Löwen* anzusehen, oder die wievielte es inzwischen sein mochte, kamen noch ganze Heerscharen von fröhlich triumphierenden Gläubigen hinzu, die zum Kirchentag herbeigeeilt waren und, Umweltbewusstsein hin oder her, die Straßen der Stadt auf ihre Weise verstopften. So mancher kirchenferne Skeptiker aber versuchte auf den letzten Drücker, der geballten Glaubenskraft zu entfliehen, und war im Begriff, sich in ruhigere Gefilde abzusetzen. Nicht zu vergessen die Sangeskraft, die sich seit gestern in der Hansestadt entfaltete. Nein, ein Taxi kam nicht infrage. Außerdem durfte sie nicht riskieren, dass der Fahrer sie erkannte. Und irgendwann wiedererkannte. Und sich dann womöglich an die Adresse erinnerte, bei der er sie abgesetzt hatte. Für das, was sie vorhatte, konnte sie keine Zeugen gebrauchen. Und in gewisser Weise war diese U-Bahn-Fahrt schon selbst ein Teil ihres Projekts und würde sie in die richtige Stimmung versetzen – die richtige Spannung, besser gesagt.

Als der Zug in den Bahnsteig einfuhr, überkam sie noch einmal der Impuls umzukehren. Dicht an dicht drängten sich die Menschen in den Waggons, sodass die meisten Umstehenden, die mit ihr auf dem Bahnsteig warteten, gar nicht erst den Versuch unternahmen, sich in einen der überfüllten Wagen zu quetschen. Aber sie hatte keine Wahl, sie musste diesen Zug erwischen. Ohne dass man es direkt als drängeln hätte bezeichnen können, schlüpfte sie an zwei dicklichen Mädchen vorbei, die eigentlich nur kurz ausgestiegen waren, um anderen Fahrgästen den Weg freizumachen, und nun wieder einsteigen wollten. Sobald sie die Mädchen hinter sich wusste, machte sie den Rücken breit und verschaffte sich mit Hilfe ihrer geräumigen Handtasche einen weiteren Platzvorteil. Im letzten Moment, bevor sich die Türen schlossen, sprang sie vor den beiden Mädchen in den Zug und schlängelte sich sodann elegant durch die Menge. Gott sei Dank, das hatte geklappt. Es war doch ein Segen, wenn man nicht zu viel Ballast mit sich durchs Leben schleppte, egal ob es sich um Seelenschwere oder Übergewicht handelte.

Auch jetzt blieb ihr nicht viel Zeit, um ihr Vorhaben auszuführen, ihre Termine waren eng getaktet. Doch konnte sie es schaffen, vorausgesetzt, dass auf der Rückfahrt alle Anschlüsse so reibungslos funktionierten, wie es der Fahrplan versprach. Sie hatte sich ihre ganz persönliche Verbindung aus dem Internet heruntergeladen. Erst musste sie vom Rödingsmarkt nach Wandsbek-Gartenstadt fahren, das war easy, diese U-Bahn-Linie fuhr direkt durch. Eine kniffligere Übung war es gewesen, herauszufinden, wie sie später von Wandsbek-Gartenstadt zur Max-Brauer-Allee kam. Sie war es gewohnt, dass Christian ihr diese lästigen Alltagsdinge abnahm. Doch hatte sie sich auch ohne die Hilfe ihres Mannes erstaunlich gut auf der Seite des Hamburger Verkehrsverbundes zurechtgefunden. Sollte er vor ihr sterben, würde sie ihn vielleicht auch in praktischen Belangen gar nicht so sehr vermissen, wie sie manchmal befürchtete. Selbst ist die Frau! Sie dachte es befriedigt, während sie sich in eine strategisch günstige Position in der Nähe eines alten Mütterchens vorarbeitete, das einen Sitzplatz innehatte. Wenn sie Glück hatte, stieg die Alte am Hauptbahnhof aus! Mit festem Griff umklammerte Ute die Haltestange und stellte ihre Ohren, soweit es möglich war, taub.

Es gab vieles am Protestantismus, was Ute Tauber von Herzen liebte, aber die unter Protestanten weitverbreitete Sangeslust zählte nicht dazu. Sie konnte keinen Ton halten und hasste infolgedessen alles, was mit Singen zu tun hatte. Der größte Pluspunkt, der seinerzeit für die Ehe mit Christian gesprochen hatte und für die Idee, sich eine Pfarrstelle mit ihm zu teilen, war der Umstand, dass er ihr alles Liturgische abnahm. Sie predigte eleganter als er, aber zum Ausgleich hatte Christian eine volltönende, melodische Stimme und hatte seit seiner Jugend im Chor gesungen.

Erstaunlich, wie schnell sich in jeder Gruppe ein Anführer, ein Wort- oder wie jetzt Sangesführer fand, der bestimmte, wo es langging und buchstäblich den Ton angab. Und wie willig sich der Rest in die Rolle der Mitläufer oder eben Mitsänger fügte! Hier war es ein kleiner untersetzter Enddreißiger, den blauen Kirchentagsschal hatte er lässig um den Hals geschlungen, der die anderen motivierte und leider auch dominierte. Kaum hatte der Zug die Station Rödingsmarkt verlassen, wedelte er schon mit einer Broschüre, auf deren Vorderseite ein Foto fröhlich singender junger Menschen dazu anspornte, es ihnen gleichzutun. Selbstbewusst gab er die Parole „Nummer 100“ aus. Er selbst schien das Kirchentagsliederbuch freilich nicht zu brauchen und stimmte schon auswendig an: „Wer nur den lieben Gott lässt walten und hoffet auf ihn allezeit, den wird er wunderbar erhalten in aller Not und Traurigkeit …“

Als kirchentagserfahrene Frau hatte Ute Tauber sich vorsorglich zwei Wattekügelchen in die Jackentasche gesteckt. Früher hatte sie für diese Zwecke industriell gefertigte Ohrstöpsel aus Wachs genommen, aber da regelmäßig irgendein Scherzbold, wenn sie das Döschen zückte, seine Hände wie zum Segen erhob und „Oropax vobiscum" intonierte – natürlich waren es ausschließlich Männer, die das witzig fanden, und gern imitierten sie dabei eine päpstliche Zitterstimme –, war es ihr schließlich zu blöd geworden. Auch die neueren käuflichen Produkte, ob aus imprägnierter Schafwolle oder Silikon, schienen für manche Zeitgenossen immer noch eine katholische Aura zu besitzen; ihre bescheiden selbstgedrehten Wattebäuschchen hingegen kündeten durch und durch von Sparsamkeit und protestantischer Ethik. Nur zu Hause gönnte sie sich die industriell gefertigten soften Pfropfen aus hautfreundlichem Spezialschaumstoff, denn seit geraumer Zeit schnarchte Christian zum Gotterbarmen.

Endlich fuhr der Zug in den Hauptbahnhof ein. Und tatsächlich, das Mütterchen erhob sich wie auf Befehl. Bevor sich die Alte – und mit ihr Dutzende anderer Leute – in Richtung Ausgang schob, rammte sie Ute mit einer Kraft, die man dieser Mumie gar nicht zugetraut hätte, einen Nordic Walking-Stock in den Knöchel. Während Ute noch mit den Tränen kämpfte, füllte sich der Wagen schon mit neuen Fahrgästen, deren blaue T-Shirts, Schirme und Schals sie bereits von weitem ebenfalls als Kirchentagsteilnehmer auswiesen. Manche von ihnen hielten das „KlangFülle"-Liederheft erwartungsvoll in der Hand. Leider war der Vorsänger im Wagen geblieben.

Sobald Ute den Sitzplatz erobert hatte, holte sie die Kügelchen aus ihrer Jackentasche. Dabei streiften ihre Finger die kleine Flasche, die darunter verborgen lag. Auch sie würde bald zum Einsatz kommen. Sehr bald. Sie verstopfte sich die Ohren, lehnte sich zurück und schloss die Augen. Aber der Lärmschutz nützte nur begrenzt, um sie herum wurde munter weiter gerappt: „Tausend Jahre wie ein Tag, was auch kommen mag, du weißt um mich und meine Sorgen, morgen ist heute für dich …“

Nummer 36 aus dem Kirchentagsliederbuch, wie Ute wusste; der Sangesführer hatte es, bevor sie ihre Ohren schützte, noch mit lauter Stimme verkündet.

Während sie scheinbar unbeteiligt dasaß, kam es ihr so vor, als starrten die anderen Fahrgäste sie neugierig an. Ob jemand sie trotz ihrer Perücke erkannte? Sie hatte sich das gute Stück vor vielen Jahren für eine Karnevalsfeier zugelegt: eine Kaskade brünetter Locken im Stil der späten sechziger Jahre, die an die junge Jane Fonda erinnerten. Wie durch ein Wunder hatte die Perücke sämtliche Umzüge, die sie im Lauf der Jahre absolviert hatte, überstanden. Oder hatte Ute sie unbewusst in die jeweils nächste Phase hinübergerettet, weil sie dumpf ahnte, dass es ihr noch einmal nützlich sein könnte? Wie dem auch sei, mit Hilfe des Wischmopps, wie sie die Perücke nannte, konnte sie regelmäßig dem Kaff entrinnen, in dem zu leben sie verdammt war – schlimmer noch: in dem mit Christian zu leben sie verdammt war –, und wo jeder jeden kannte. Wo jeder sie kannte, genauer gesagt. Gelegentlich kam es vor, dass ein neugieriges Gemeindemitglied nachfragte, wer die attraktive Dame gewesen sei, die neulich abends einmal wieder zu Besuch gekommen wäre. In der Frage schwang eine kleine Besorgnis mit, als ob die Damen befürchteten, Christian könnte fremdgehen. Ein herrlich absurder Gedanke! Mit Genuss erzählte sie dann von der entfernten Cousine aus der ehemaligen DDR, die es angeblich nach Arnsberg verschlagen hatte und die an ihren freien Tagen gelegentlich zu Besuch kam. Sie spann sogar kleine Abenteuer aus deren Leben für die so freundlich Anteil nehmenden Gemüter aus. Solche harmlosen Lügen waren auf jeden Fall besser, als dass sich die Leute ihretwegen zu viele Gedanken machten oder sich gar die Mäuler zerrissen:

„Unsere Pastorin fährt regelmäßig heimlich in die Stadt und kommt erst früh morgens wieder …“ Ihr Privatleben ging diese Leute nichts an. Und sie konnte nicht andauernd irgendwelche Sitzungen vorschieben: Wie man wusste, hatten Notlügen oft sehr kurze Beine. Schließlich ging es ja nicht nur darum, der lieben Nachbarschaft – allen voran Frau Marquard – zu entkommen; es ging vor allem darum, sich inkognito mit Rainer in Arnsberg zu treffen. Und auch Arnsberg war klein, es galt, auf der Hut zu sein.

Dass man sie auf Schritt und Tritt erkannte, war einerseits natürlich ein Nachteil, den die Prominenz mit sich brachte. Andererseits konnte sie es jedoch durchaus genießen, in der Öffentlichkeit wahrgenommen zu werden. Wie viel Bestätigung wurde ihr dadurch zuteil. Ein scheues Lächeln hier, ein forscher Gruß da, eine Frage, wie es ihr ginge, die Bitte um ein Autogramm oder einen Rat: So viele Möglichkeiten, die sich vor ihr auftaten, so viel Gutes, das sie bewirken konnte und das auch ihr widerfuhr! Ein fabelhaftes Leben war das, und alles ihr eigenes Werk. Okay, Gottes Werk natürlich auch, rein theoretisch, aber mit frommem Glauben allein war es nicht getan. Wer die Hände in den Schoß legte und nur den lieben Gott walten ließ, kam in der Regel nicht weit. Und jetzt käme sie auf diese Weise schon gar nicht mehr weiter. Jetzt musste gehandelt werden.

Als der Zug wieder hielt, öffnete Ute die Augen. Wenn sie richtig mitgezählt hatte, war dies die Habichtstraße, die letzte Station vor der Endhaltestelle. Ein Blick auf das Schild vor dem Fenster bestätigte ihr, dass sie richtig gezählt hatte. Aber etwas war seltsam. Es dauerte einen Moment, bis Ute es merkte, dann kam ihr zu Bewusstsein, dass sie rein gar nichts hörte. Nicht, weil die Wattekügelchen so gut funktionierten, sondern weil tatsächlich um sie herum nichts zu hören war. Oder jedenfalls nicht das, was sie, wenn auch gedämpft, zu hören erwartet hätte. Die Menschen um sie herum bewegten die Lippen und wiegten sich im Rhythmus ihrer Musik. Aber es geschah seltsam lautlos wie im Traum oder unter Wasser. Eben hatten sie alle gleichzeitig ihre Hände vor die Brust gehalten, nun schienen sie ihr zuzuwinken. Träumte sie? Gab Gott ihr ein Zeichen, von ihrem Plan abzulassen? Oder spielte nur ihr Kreislauf verrückt? Hastig entfernte sie die Wattekugeln aus ihren Ohren – und begriff. Um sie herum wurde in Gebärdensprache gesungen. Sie erinnerte sich, in einer Pressemeldung gelesen zu haben, dass es das Lied zum Motto des Kirchentags, „Soviel du brauchst", sowie weitere Lieder auch in Gehörlosenfassungen gab. Welche Wohltat für ihre geplagten Ohren! Endlich hatte der Vorsänger von vorhin seinen Platz in der zweiten Reihe gefunden.

Plötzlich schoss ihr ein Gedanke durch den Kopf. Für das, was sie vorhatte, konnte sie schlecht Gottes Beistand erbitten, das verstand sich von selbst. Aber vielleicht konnte sie ein Gelübde ablegen? Gott ihrem Vorhaben gegenüber friedlich stimmen, nicht indem sie etwas von ihm forderte, sondern indem sie ihm im Gegenteil ein Angebot machte. Das war es doch, was man unter einem Gelübde verstand, und dies sollte es sein: Sie würde, wenn alles gut lief, die Gebärdensprache erlernen. Sich an neuer Stelle engagieren und weitere nützliche Dinge tun. Sie würde kräftig die Werbetrommel rühren und vielleicht würde es ihr gelingen, eine neue Form der Gehörlosenliturgie in ihrer Gemeinde zu implementieren. Überzeugungskraft besaß sie genug. Dann hätte sie endlich ihre eigene Art des Singens gefunden und wäre auch, was die liturgischen Abläufe betraf, nicht mehr auf Christian angewiesen.

Während sie solcherart Zukunftsmusik spann, fuhr der Zug in den Bahnhof Wandsbek-Gartenstadt ein. Nun galt es nur noch, diesen Bartensteiner Weg zu finden. Ein gelbes Haus, hatte die Stimme am Telefon gesagt. Sie hatte ähnlich wie die ihrer Mutter geklungen. Auf eine sanfte Art forsch. Zweifelsohne war diese … Person ein gefährlicher Typus.

2.

Vogelgezwitscher als Klingel, das passte zu den beiden Gartenzwergen, vielmehr Zwerg*innen*, die den Weg im Vorgarten säumten. Nun ja, wem so was gefiel … Ute drehte sich um und warf einen hastigen Blick über die Schulter: Niemand, der sie beobachtete. Hastig riss sie sich die Perücke vom Kopf. Ab damit in den Beutel! Nettes Häuschen. Gepflegter Rasen. Wenngleich ein bisschen spießig für junge Leute. Klarer Fall von Frühvergreisung, oder? Wie alt war … diese Frau jetzt eigentlich? Mitte Dreißig, na ja, so jung nun auch nicht mehr. Alt genug jedenfalls, um in einem netten Häuschen zu wohnen. Sie selbst hatte es schon ein paar Jährchen zuvor in ihr Sauerlandkaff verschlagen. In Gedanken bewohnte Ute Tauber freilich ein Loft in New York.

Noch einmal drückte sie auf die Klingel, wobei sie einen Anflug von Ärger verspürte. Dies war wohl das deutlichste Zeichen für das eigene Älterwerden: dass alle anderen sich im Vergleich auf geradezu schamlose Weise verjüngten. Mit fünfzig passierte man unweigerlich eine Schranke, auch wenn man es vor der Umwelt noch ein Weilchen verbergen konnte. Aber sich selbst machte man nichts vor. Die Hälfte des Lebens war vorbei, die Waage neigte sich zur anderen Seite.

Aber sei es, wie es sei, für sie war noch längst nicht aller Tage Abend. Die interessantesten Posten würden erst noch kommen, die eine oder andere Stufe auf der Karriereleiter würde sie noch erklimmen. Wenn sie Glück hatte – und jetzt das Richtige tat – schon sehr bald.

Endlich hörte sie Schritte hinter der Tür. Wurde auch Zeit, dass hier geöffnet wurde! Oh Gott, nicht nur die Stimme, die ganze Frau war der Mutter ähnlich, wenngleich natürlich älter, als ihre Mutter damals gewesen war. Aber ansonsten: wie aus dem Gesicht geschnitten. Ob ihre eigene Tochter, so sie denn eine gehabt hätte, ihr auch so geähnelt hätte? Moment mal, war da etwa eine Spur von Christian um die

Augenpartie zu entdecken? Im Ansatz der Nasenwurzel vielleicht? Nein, bloß sich nichts einreden – oder einreden lassen! Nichts dergleichen war erkennbar; der bloße Gedanke war absurd.

Sie gab sich einen Ruck und streckte die Hand aus.

Die andere begrüßte sie mit einem verkrampften Lächeln. „Wie schön, dass Sie sich die Zeit für mich nehmen können, Frau Tauber."

Bla bla bla. Versuchte höflich zu sein, die Kleine. Ein raffiniertes Miststück, was auch immer sie wollte. Hoffentlich kam sie so schnell wie möglich zur Sache. Für Smalltalk hatte Ute Tauber jetzt keine Zeit.

Die Frau führte sie ins Wohnzimmer. Ute wusste, dass sie Corinna hieß, aber sie hatte sich verboten, den Namen auch nur zu denken. Auch die Bezeichnung als Cornelias Tochter war tabu. Die Frau musste namenlos bleiben, eine Fremde, sonst würde Ute das, was sie beschlossen hatte, nicht erledigen können. In der Sofaecke war ein Teetisch für zwei Personen gedeckt, das fügte sich ausgezeichnet. In der Luft hing ein zarter Geruch nach Bergamotte, offenbar hatte … diese Person ein Kännchen Earl Grey aufgesetzt. Besser hätte es sich gar nicht fügen können, denn wer weiß, ein kleiner bitterer Nebengeschmack war vielleicht dabei. Sie schaffte es, ein kurzes Dankgebet zum Himmel zu schicken, während sie auf dem Sofa Platz nahm.

„Wie bitte, Zitrone? Gern, wenn es keine Umstände macht."

Sehr gut, so musste die … Trine noch einmal in die Küche hinüberlaufen. War sie in Wahrheit vielleicht gar nicht gefährlich, sondern einfach naiv? Wahrscheinlich hatte dieser Friedemann die Frau aufgehetzt. In den letzten Wochen hatte er Ute mit seinen Ermahnungen und Briefen förmlich traktiert.

Sie hörte ihre Gastgeberin in der Küche nebenan hantieren, eine Zitrone aufschneiden, wohl auch Kekse auf ein Tellerchen legen, das sich als zu klein für den Zweck erwies, wenn sie die Geräusche richtig interpretierte. Rascheln, Knirschen, ein unterdrückter Fluch. Jetzt nur nicht lang gefackelt! Rasch zückte sie das Fläschchen aus ihrer Jackentasche und träufelte der anderen eine ordentliche Portion in die Tasse. Trübte sich der Tee eine Spur oder bildete sie sich das nur ein? Ach was, wenn man nicht genau hinsah und nicht wusste, worauf man hätte achten müssen, fiel gar nichts auf. Jetzt nur keine Panik!

Nachdem sie das Fläschchen wieder in ihrer Jacke verstaut hatte, überkam sie ein Zittern, aber sie ignorierte die weichen Knie, erhob sich und trat vor das Bücherregal. Starrte auf die Buchrücken, tat, als würde sie die Titel studieren. Routinemäßig suchte Ute nach Büchern von Autoren, deren Nachname wie ihrer mit „T“ begann. Einmal hatte sie sich zwischen Spinoza und B. Traven wiedergefunden, ein andermal einträchtig Seite an Seite mit William Shakespeare und Gertrude Stein. Streng genommen hätte ihr Werk natürlich zwischen Stein und Thackeray gehört, aber sie hatte den Fehler nicht korrigiert. Einen Platz neben Shakespeare räumte man schließlich nicht freiwillig. Allerdings war die Sammlung hier, so denn das Sammelsurium von Krimis, Comics, Frauenromanen und zerfledderten Reiseführern überhaupt diese Bezeichnung verdiente, nicht alphabetisch geordnet.

Sie konnte keinen ihrer eigenen Titel entdecken.

3.

Die Kulturkirche Altona war bis auf den letzten Platz besetzt. Alles, was Rang und Namen in Kirche, Politik und Gesellschaft besaß, die Kultur nicht zu vergessen, hatte sich an diesem frühen Abend an der Max-Brauer-Allee eingefunden, um einem Vortrag von Dr. Ute Tauber und Christian Tauber-Sperling zu lauschen. Auch in den hinteren Reihen drängten sich die Zuschauer dicht an dicht. Die Spannung, die in der Luft lag, war fast mit Händen zu greifen. Zwar hätte der

Titel der Veranstaltung nicht konventioneller formuliert sein können: „So viel brauchst du? Wege aus der Krise", doch das schreckte niemanden ab. Längst spielte es keine Rolle mehr, worüber die beiden redeten. Das Thema war Nebensache; wenn die Taubers auftraten, zählte allein das Wie. Für jede noch so abgedroschene Fragestellung fand das prominente Pastorenpaar einen eigenwilligen Ansatz, und besonders Ute Tauber war für die Eleganz und Eloquenz ihrer Auftritte bekannt. Sie verstand es auf geradezu vorbildliche Weise, komplizierte Sachverhalte auf leicht verständliche Gedankengänge herunterzudimmen, und brachte mit ihren amüsanten Bonmots und ihrer Schlagfertigkeit in jeder Gesprächsrunde die Lacher auf ihre Seite. Seitdem sie und ihr Mann mit schöner Regelmäßigkeit pünktlich zur Frankfurter Buchmesse im Herbst einen neuen Bestseller vorlegten, war Ute Tauber nicht nur zur gefragten Rednerin in kirchlichen Zusammenhängen avanciert, sondern auch zum beliebten Talkshowgast im Fernsehen. Längst mehrten sich die Stimmen in der Öffentlichkeit, die in ihr die zukünftige Bundespräsidentin sahen, wobei ihre Anhänger freilich ahnten, dass es schwierig sein würde, ihre Kandidatur durchzusetzen. Zwar hatte die Tauber ihrer Kollegin Margot Käßmann inzwischen den Rang abgelaufen – man munkelte, sie hätte nach Bekanntwerden einer gewissen Alkoholfahrt selbst die Korken knallen lassen und daheim im Sauerland auf ihr eigenes Glück angestoßen. Aber gegen einen Gauck als Vorgänger kam sie denn doch noch nicht an. Auch dass die Tauber den Vornamen ihrer Konkurrentin in einer Glosse durchgängig mit Doppel-t buchstabiert hatte, hatte sie einige Punkte auf der Beliebtheitsskala gekostet. Davon abgesehen, war es natürlich extrem unwahrscheinlich, dass das höchste Amt im Staat zweimal hintereinander mit einem evangelischen Theologen besetzt würde, und rechnete man Christian Tauber-Sperling als Bonus-Partner hinzu, in gewisser Weise sogar mit drei Pastoren in Folge.

Wenn Ute der Mund des Paares war, so war Christian Tauber-Sperling das Hirn. Böse Zungen lästerten hinter vorgehaltener Hand freilich: der Hintern. Mit bewunderungswürdiger Selbstverständlichkeit hatte er den Part im Hintergrund übernommen, wirkte als der ruhige, ausgleichende Pol. Ein fleißiger Zuarbeiter, und je unauffälliger, ja langweiliger er erschien, desto mehr konnte Ute Tauber brillieren. Eine Journalistin hatte ihn einmal mit einem Kissen aus dunklem Samt verglichen, auf dem ein kostbarer Edelstein erst richtig zur Geltung kam. Kurzum, sie waren ein sich perfekt ergänzendes Team und die – überwiegend geladenen – Gäste in St. Johannis freuten sich auf einen anregenden Abend.

In der zur Künstlergarderobe umfunktionierten Sakristei herrschte statt freudiger Anspannung allerdings eine Nervosität anderer Natur. Es war eine Minute vor sieben, und von Ute Tauber fehlte weit und breit jede Spur. Zum wiederholten Male hatte Christian versucht, sie auf ihrem Handy zu erreichen, ein letztes Mal hatte er auf ihre Mailbox gesprochen. Dann schaltete er sein Mobiltelefon aus. „Ich verstehe das nicht. Meine Frau ist sonst die Pünktlichkeit in Person."

Kapriziös, ja, das konnte sie sein, spielte auch gern mal die Diva, aber zuverlässig war sie, eine alte Preußin, präzise und professionell. Und dies war kein Anlass, bei dem eine wie Ute Tauber freiwillig fehlen würde. Dazu stand sie viel zu gern im Scheinwerferlicht. In der ersten Reihe warteten die Kanzlerin und der Bundespräsident einträchtig neben dem Hamburger Erzbischof und dem Präses der Evangelischen Kirche. Es fehlten eigentlich nur noch der amerikanische Präsident und der Papst, so hatte der eine oder andere Zuhörer bereits gewitzelt. Vor solch hochrangigen Persönlichkeiten verspätete sich eine Ute Tauber nicht!

Aber auch Christian konnte nicht länger warten.

„Es ist Zeit, Herr Tauber-Sperling. Tut mir furchtbar leid, aber wir sollten …"

Die Pastorin, die an diesem Abend als seine persönliche Betreuerin fungierte, tippte sich mit dem Zeigefinger der rechten Hand an ihr linkes Handgelenk, dorthin, wo für gewöhnlich das Zifferblatt einer Armbanduhr saß. Leider hatte Christian bei der Vorstellung ihren Namen nicht verstanden. In der letzten Zeit hatte Ute ihn wiederholt auf seine sich angeblich verstärkende Schwerhörigkeit hingewiesen. Christian aber sah andere Gründe für sein Nichtverstehen. Zum Teufel mit diesen kompetenten Frauen mit den Doppelnamen, dachte er. Einer war unmöglicher als der andere. Wie hatte er nur selbst je so dumm sein können, es ihnen gleichzutun? Auch er hatte dieses Kreuz auf sich genommen. Hatte seinen eigenen Namen aufgegeben, für sich selbst halb, für seine etwaigen Kinder ganz. War seine Ehe vielleicht deswegen unfruchtbar geblieben?

Genau genommen war diese Frau, die ihn jetzt mit einem Entschuldigung heischenden Lächeln aus der Sakristei eskortierte, natürlich nicht nur seine, sondern auch Utes persönliche Betreuerin. Aber Ute war nicht da. Christian versuchte, tief durchzuatmen. Seit Dienstag, seit er diesen Unsinn mit sich hatte machen lassen, quälten ihn Kopfschmerzen und erinnerten ihn daran, dass er vielleicht die falsche Entscheidung getroffen hatte. Überdies hatte er bei den Ausführungen des Sprach- und Rhetoriklehrers, der Ute und ihn regelmäßig coachte, wieder nicht aufgepasst. Vielleicht hatte Ute ja doch recht mit ihrem Vorwurf, dass er sich in allem zu sehr auf sie verließ. Aber musste sie ihre Kritik immer und ewig wiederholen? Ein leichtes Schwindelgefühl ergriff ihn, als er in die Kirche hinaustreten wollte. So viele Leute – und er ganz allein! Kurz hielt er inne, schwankte, spürte, wie etwas von hinten nach ihm griff und ihn am Rockschoß packte. Holte ihn der Teufel gleich hier an Ort und Stelle und zog ihn mit sich in den Schlund der Finsternis, wohin seinesgleichen gehörte? Ach nein, es war nur der Techniker, der das Headset für ihn einschalten wollte. Sie hatten verabredet, dass Christian hier auf den Burschen warten sollte, das hatte er ganz vergessen. Genauso, wie er auch immer wieder vergaß, welche Knöpfe man an diesen Apparaten drücken musste, ja, dass überhaupt ein Mikrophon einzuschalten war. Er hasste diese Momente. Und vor allem hasste er die Art und Weise, wie Ute jedes Mal nachsichtig über ihn lächelte und wie geschickt sie die Tatsache überspielte, dass sie selbst noch weniger als er an solche Notwendigkeiten dachte. Immer war er der Trottel, der sich bei den zuständigen Leuten entschuldigen musste.

Unwillkürlich hielt Christian die Luft an, während der Tontechniker den Bügel richtete, der hinter Christians Ohren klemmte, und das daran befestigte kleine Mikrophon in die richtige Position brachte. Christian hätte mutlos daran herumgefummelt, für diesen jungen Burschen aber war das ein routinierter Handgriff und schließlich sein Job. Netter junger Mann eigentlich. Es war doch schade, dass Ute und er keine Kinder hatten. An solch einem Sohn hätte er sein Wohlgefallen gehabt. Wenngleich *sein* Sohn natürlich nicht Veranstaltungstechniker geworden wäre. Ein Jurist fehlte ihnen in der Familie.

„Toi, toi, toi!“, sagte der junge Mann.

„Danke.“

Der Tontechniker blickte ihn erschrocken an.

„Wir sind nicht abergläubisch hier in der Kirche.“ Die Pastorin lächelte, hatte aber einen tadelnden Unterton in ihrer Stimme, als sie mit dem Tontechniker sprach. Dann legte sie eine Hand auf Christians Oberarm. „Es soll Unglück bringen, wenn man auf ´toi, toi, toi` mit ´danke` antwortet“, erklärte sie ihm. „Schließlich beschwört man mit dieser Formel den Teufel. Na ja, Sie wissen schon, Theaterleute …“

Christian lachte auch, doch klang es nicht so frei und ungezwungen, wie er es sich gewünscht hätte. Als sie ihn losließ, spürte er an der Stelle, an der sie ihn berührt hatte, eine Art Brennen.

Ute hätte aus dieser Begebenheit sogleich einen Aufhänger für ihren Vortrag improvisiert, dachte er, während er unter aufbrandendem und, wie ihm schien, vorzeitig wieder abebbendem Applaus zum Podium schritt. Sollte er selbst jedoch so kühn sein und versuchen, eine Anekdote aus dem kleinen Wortwechsel zu stricken, würde das unweigerlich in Krampf und Verlegenheit enden. Erst morgen beim Frühstück im Hotel oder im Laufe des Tages während eines der zahlreichen Interviews mit irgendeinem der Pressefuzzis, denen sie auf die immer selben Fragen Rede und Antwort stehen mussten, oder vielleicht auch erst am Sonntag auf der Heimfahrt im Zug würde ihm eine halbwegs witzige Formulierung einfallen. Und erst Wochen später würde ihm daheim an seinem Schreibtisch eine annehmbare Darstellung nebst Interpretation dazu gelingen, dann allerdings logisch stringent und in wohlgesetzten Worten. Wenn es irgendetwas gab, das ihn zum Schreiben drängte, dann wohl der Umstand, dass es ihm an Schlagfertigkeit fehlte – und dass er gern wenigstens *ex post* Recht behielt.

Da Christian klug genug war, seine eigenen Stärken ebenso wie seine Schwächen zu kennen, hielt er sich während seines Vortrags strikt an sein Manuskript. Immerhin erinnerte er sich daran, in regelmäßigen Abständen Blickkontakt mit dem Publikum aufzunehmen. Und während er sich durch seinen Vortrag und durch den Abend haspelte, wusste er genau, was die Leute dachten. Zu schade, dass Ute Tauber indisponiert war. Was für ein Langweiler war dagegen ihr Mann!

Gelegentlich strich er, ohne es zu bemerken, mit zwei Fingern über die Zornesfalte auf seiner Stirn. Wie dumm war er am Dienstag gewesen zu denken, sie würde sich glätten? Er konnte nur hoffen, dass man ihm seine Wut jetzt nicht ansah. Aber es war wirklich infam: Selbst wenn sie nicht da war, stahl Ute ihm die Show.

4. Worauf wartete er eigentlich noch? Ute Tauber war nicht erschienen und würde es aller Wahrscheinlichkeit nach auch nicht mehr. Vergeblich hatte Carl Friedemann vor der Kirchentür auf sie gewartet, zusammen mit treuen Fans, die sich auf ein Autogramm gespitzt hatten. Auch ihn hielten sie für einen Autogrammjäger, sodass er sich wie ein Schulbub vorkam, wozu freilich auch gehörte, dass er es zunehmend genoss, mit diesem bunt zusammengewürfelten Haufen ein gemeinsames Anliegen zu haben. Einige zeigten stolz ihre Autogrammalben herum, andere fachsimpelten über theologische Fragen. Wenn er je ein Alibi für die vergangene Stunde bräuchte, so hätte er keine Probleme. Irgendwann hatten sich die großen Eingangstüren von St. Johannis, pardon, der Kulturkirche Altona oder auch Kuki, wie hier alle sagten, geschlossen. Die Glücklichen, die im Besitz einer Eintrittskarte waren, schlüpften noch schnell hinein, der Rest musste draußen bleiben.

Carl Friedemann gehörte zum Rest. Mit einem Fähnlein Unverzagter harrte er eine weitere Dreiviertelstunde vor dem Seiteneingang aus, wobei er sich zu seiner eigenen Überraschung alberne Sprüche klopfen hörte. Als ihm auch noch die Binsenweisheit „Die Hoffnung stirbt zuletzt“ entfuhr, zog er endlich die Konsequenzen. Wenn er sich beeilte und ein wenig Glück mit den S- und U-Bahnanschlüssen hatte, konnte er es gerade noch rechtzeitig zu einer Veranstaltung in St. Gertrud schaffen.

Eine Frau aus dem Kirchenvorstand, mit der er am Morgen ins Gespräch gekommen war, hatte ihn eingeladen. Es sollte ein Konzert mit Klezmer-Musik geben und dazu eine Lesung. Zwar fanden die literarischen Veranstaltungen des Kirchentags ansonsten im ehemaligen Hauptzollamt am Hamburger Hafen statt, aber dieser Abend bildete offenbar eine Ausnahme, da er sich in den Rahmen einer Veranstaltungsreihe fügte, die eine Besonderheit dieser Gemeinde war. „In der Mitte

Donnerstag“ hieß das Programm. Der so rätselhaft klingende Titel verdankte sich einem jüdischen Witz, den die Frau ihm erzählt und den er sogleich in sein Repertoire aufgenommen hatte. Im Unterschied zu seinen Mitmenschen, von denen sich die meisten mit fortschreitendem Alter keine neuen Witze merken konnten, hatte Carl Friedemann damit keine Probleme. Er vergaß die Geburtstage seiner Freunde und erinnerte sich nur mit Mühe an seinen Hochzeitstag, aber einen neuen Witz, so er denn gut war, behielt er sofort. Denn Carl Friedemann liebte Witze. Für seinen Geschmack konnten sie ruhig etwas unanständig sein, und warum nicht auch zynisch? Dieser Witz aber handelte ganz menschenfreundlich von einem Rabbi, der am Schabbes spazieren geht und, da es regnet, den Schirm aufspannt. Auf die Vorhaltung seiner Schäfchen, ob dies nicht gegen die Sabbatgebote verstoße, antwortet er freundlich: „Rechts ist Schabbes, links ist Schabbes. In der Mitte: Donnerstag!“

In Erinnerung geblieben war ihm freilich nicht nur der Witz, sondern auch die warme dunkle Stimme der Frau und ihr Lachen, nachdem sie ihm den Witz erzählt hatte. Bei der Lesung sah er sie wieder. Eine Krimiautorin, sieh einer an. Sie strahlte eine herzliche Fürsorglichkeit aus und wirkte keineswegs so, als müsse sie eine dunkle Seite ihrer Seele verbergen. Saß er einem Vorurteil auf, wenn er den Verfassern von Kriminalromanen automatisch irgendwelche geheimen Seelenabgründe unterstellte? Als Notfallseelsorger hatte sich Carl Friedemann stets etwas auf seine Menschenkenntnis eingebildet. In Wahrheit jedoch, so viel hatte er im Lauf der Jahre schmerzlich begriffen, lernte man hinsichtlich der menschlichen Psyche niemals aus. Nicht einmal sich selbst kannte man wirklich. Dem einen stand seine Feigheit im Weg, dem anderen Eitelkeit, einem dritten wurde die Gier zum Verhängnis. Möglichkeiten zu straucheln und sein Leben zu verpfuschen gab es genug. Und er war keinen Deut besser als alle anderen, auch wenn er das gern geglaubt hätte, sondern neigte wie jedermann dazu, die eigenen Motive und Taten zu beschönigen und alles Hässliche, das nicht ins Bild passte, als Ausrutscher abzutun. Oder es schlicht zu vergessen. Im Vergessen war Carl Friedemann groß.

Zum Beispiel Ute Tauber: Jahrzehntelang hatte er diesen Namen und alles, was damit zusammenhing, vollkommen verdrängt. Nie im Leben hätte er es für möglich gehalten, dass er ihr noch einmal würde begegnen, ja, sie sogar gezielt würde treffen wollen. Noch dazu unter solchen Umständen. Es war doch merkwürdig, wie so etwas funktionierte. Da erinnerte man sich kaum noch an jemanden, hatte die betreffende Person erfolgreich aus dem Gedächtnis verbannt, und dann tauchte sie plötzlich aus dem Nebel der Vergangenheit wieder auf und wurde noch einmal wichtig. War es Zufall? Oder Schicksal? Göttlicher Wille? Er mochte nicht daran glauben. Seltsam war nur, dass er sich so gar nicht für Utes Mann interessierte. Warum eigentlich nicht? Christian Sperling war damals doch auch schon mit von der Partie gewesen, zumindest im Hintergrund – was ja überhaupt der ihm angestammte Platz im Leben zu sein schien. Statt diese Briefe an Ute zu schreiben und heute Abend hier auf sie zu warten, hätte er genauso gut versuchen können, ihren Mann abzufangen. Nur versprach Friedemann sich nichts von einem Gespräch mit dem Kollegen. Dabei hätte Christian Tauber-Sperling, im Unterschied zu seiner Frau, vielleicht sogar auf seine Post geantwortet und ihn heute Nachmittag zurückgerufen, wer weiß. Für den Moment aber wollte er die Gedanken an Ute verbannen und sich auf das Hier und Jetzt besinnen.

Carl Friedemann schloss die Augen, um sich besser zu konzentrieren. Er hatte Glück, die Lesung war anrührend und es gelang ihm, nur ganz wenig abzuschweifen. Erst bei der Schlussmusik erlaubte er sich, seinen Gedanken nachzuhängen – und befand sich sogleich wieder in der Vergangenheit.

Die Zeit damals in Heidelberg war eine besonders produktive Phase gewesen. Und zugleich die schrecklichste in seinem Leben. Produktiv war die Weichenstellung für seine weitere berufliche Entwicklung. Schrecklich die Entwicklung mit jener Frau. Wie hatte er nur denken können, dass sie …

Die Klarinette verstummte, um ihn herum brandete Beifall auf. Eine gelungene Veranstaltung, auch wenn er nicht den idealen Zuhörer abgegeben hatte. Krimi im Gotteshaus, mal etwas anderes. Von einer Predigt über Kain und Abel abgesehen, hätte es so etwas in seiner Jugend wohl nicht gegeben. Ich werde alt, dachte Carl Friedemann, während er sich aus der Bank hievte und in den Strom der zum Ausgang strebenden Menschen einreihte. Im Vorübergehen nickte er dem Pfarrer zu, der an der Kirchentür stand und die Besucher zu einem Glas Wein unter der Empore einlud. Diejenigen, die nicht bleiben konnten oder wollten, wurden mit Handschlag verabschiedet, die meisten auch mit ein paar persönlichen Worten bedacht. Friedemann ertappte sich dabei, dass er sich ebenfalls nach freundlicher Zuwendung sehnte. Kurz überlegte er, ob er warten und den Pfarrer auf die Lesung ansprechen oder ihm einen anderen jüdischen Witz erzählen sollte, aber er entschied sich dagegen. Der Mann führte gerade ein angeregtes Gespräch mit einem jüngeren Pärchen, da wollte er nicht stören. Zudem hielt Friedemann menschliche Nähe nur noch in homöopathischer Dosierung aus. Es zog ihn in sein Wohnmobil, das er auf dem Rondell vor der Kirche geparkt hatte. Er musste endlich allein sein.

5. robin@googlemail.com

„Was … was ist denn hier los? For heaven´s sake! … Cori, so sag doch was!“

„Ich … sie … also …“

„Jesus Christ, sag mir, dass das nicht stimmt! Das ist doch nicht etwa …?“

„Doch. Aber …“

„God damn it, Cori, was hast du getan?“

„Gar … gar nichts. Sie ist von selbst umgekippt.“

„Du hast ihr eins … wie sagt man … überbraten!“

„Übergebraten. Nein, nein! Sie ist einfach so umgekippt. Lief blau an, schnappte nach Luft, dann schlug sie mit der Stirn auf der Glasplatte auf, sodass auch noch die Teetasse durch die Luft flog und alles auf den Teppich spritz…“

„Du hast sie gestoßen!“

„Nein! So glaub mir doch! Ich … ich wollte sie aufrichten, sie fragen, wie es ihr geht. Aber dabei …“

„Ja?“

„Dabei kippte sie dann nach hinten und knallte mit dem Kopf auch noch gegen die Wand. Beziehungsweise gegen den Radeloff.“

„Aber das ist doch absolutely … Holy shit!“

„Ich weiß.“

„Ich hab ja immer gesagt, den Radeloff nicht übers Sofa! Solche Stahlspitzen … Ihr seid doch verrückt!“

„Wer … Wieso wir?“

„Ihr Deutschen, natürlich! Und dann nennt ihr das auch noch Kunst! Oh my God, wieso muss mir so was nun schon wieder … Du weißt doch, ich kann kein Blut sehen!“

„Ehrlich, Robbie, ich kann nichts dafür.“

„Nein, ihr könnt nie was dafür. Aber in diesem Fall wird dir das keiner glauben.“

„Ich weiß.“

„Hast du die Bullen gerufen?“

„Nein, ich … ich hab auf dich gewartet.“

„Gut. Sehr gut. Okay, let me see.“

„Soll ich sie jetzt rufen?“

„Spinnst du? Die werden dich fragen, warum du es nicht

längst getan hast. Und wie lange sie schon so daliegt. Was willst du ihnen dann sagen?“

„Ich weiß nicht …“

„You see, darling, das ist keine gute Idee.“

„Sie hat die ganze Zeit auch so komisch genuschelt. Das heißt, ganz am Anfang, als sie kam, noch nicht, aber dann. Du glaubst mir doch, Robbie?“

„Sweetie, es ist egal, ob ich dir glaube oder nicht. Wichtiger ist, was ich jetzt tu.“

„Ich … ich dachte …“

„Oder was wir jetzt tun.“

„Ich …“

„Lass mich nur machen, Sweetie. Am besten, du legst dich ein bisschen aufs Bett. Ich wecke dich dann, wenn ich dich brauche.“

6.

Für den Pfarrer, der Carl Friedemann gestattet hatte, sein Wohnmobil vor der Kirche zu parken, und für die Gemeindemitglieder von St. Gertrud, die ihn bislang kennengelernt hatten, war er ein ganz normaler Pastor im Ruhestand, der für die Dauer des Kirchentags preisgünstig hier kampierte. Wie sollten sie auch ahnen, dass das Wohnmobil seit seiner Pensionierung – das Wort Verrentung kam ihm nicht über die Lippen – sein permanentes Zuhause war? Heute hier, morgen dort: Seit nunmehr sechs Jahren war sein Leben zu einem einzigen großen Urlaub geworden. Gisela hätte es vielleicht eine einzige große Unrast genannt und ihn gefragt, wovor er auf der Flucht sei. Aber Gisela lebte nicht mehr.

Sein erster Handgriff, nachdem er Licht angeknipst hatte, galt wie üblich dem Wasserkocher. Er brauchte seinen Schlummertrunk. Fast jeden Abend kochte sich Carl Friedemann einen Becher Kakao, wobei er das Pulver wie zu Kinderzeiten mit Büchsenmilch verrührte, bevor er heißes Wasser aufgoss. Er ekelte sich vor frischer Milch. Während das Wasser warm wurde, öffnete er die Klappe über der Sitzbank und holte die Flasche *Oude Genever* hervor. Auch wenn der Kirchentag eine strikt abstinente Veranstaltung war, eine Daumenlänge Genever vor dem Schlafengehen gehörte für Friedemann zum Ritual. So hielt er es seit nunmehr einer Reihe von Jahren, seit Giselas Tod, um präzise zu sein. Manchmal schämte er sich vor sich selbst, aber schließlich war er niemandem mehr Rechenschaft schuldig. Außerdem war dies eine harmlose Sünde im Vergleich zu der einen großen, die alles andere in den Schatten stellte und ihn seit Jahr und Tag quälte.

Sein dritter Handgriff galt dem verbotenen Buch. Jedes Mal, wenn er danach tastete, überfiel ihn die Angst, jemand könnte es in seiner Abwesenheit an sich gebracht haben. Aber da lag es, sicher verstaut im Kasten unter der Sitzbank. Wie hatte er sich damals nur dazu hinreißen lassen können, es an sich zu nehmen? Es mitgehen zu lassen, auf gut deutsch gesagt? Da er es aber nun einmal in seinen Besitz gebracht hatte, zwang es ihn, darauf achtzugeben und hin und wieder darin zu blättern. Und, so er die Kraft dazu aufbrachte, über dessen Inhalt nachzudenken und die eigene Verstrickung in Schande und Schuld.

Carl Friedemann hatte in seinem Leben viel über diese Worte und Begriffe nachgedacht. Wenn er Schande sagte, dann meinte er Schande, und wenn er Schuld sagte, dann meinte er Schuld. Nackte, rohe, hässliche Schuld, was etwas vollkommen anderes war als diese harmlosen neumodischen Schuldgefühle, die wohlmeinende Mitmenschen einem gern ausreden wollten. Er brauchte wirklich nicht nach den Seelenabgründen anderer Leute zu fragen: Wenn hier jemand eine dunkle Seite hatte, dann vor allem er selbst.

Noch einmal inhalierte er den würzigen Wacholderduft des Genevers, bevor er sein Glas in wenigen Schlucken leerte.

Dann öffnete er endlich das Buch, das nicht ihm gehörte. Er hatte es verbotenerweise an sich gebracht, und seine Lektüre verbot sich desgleichen. Aber warum sollte er ein besserer Mensch sein als seinerzeit Adam und Eva? Auch er hatte sein Paradies – und sogar aus freien Stücken – längst verwirkt.

Franziska denkt, ich bilde mir alles nur ein, aber sie irrt sich, ich weiß es genau. Sobald ich an ihnen vorbei bin, auf dem Flur, im Toilettenvorraum oder im Speisesaal am Buffet, genau in dem Moment, in dem ich der Meute den Rücken zuwende, zeigen sie mit dem Finger auf mich. Ohne Ausnahme, alle. Von wegen, „die lächeln doch nett"! Das Lächeln ist aufgesetzt, eine Maske, die sich zur höhnischen Fratze verzerrt, sobald ich für eine Sekunde nicht gucke. Das hab ich auch zu Franzi gesagt. Und lächeln reimt sich auf hecheln.

Es heißt, wer mit dem Zeigefinger auf jemanden deutet, verweise mit drei Fingern zurück auf sich selbst. Ein schwacher Trost. Gar kein Trost. Denn was für ein Bild diese Typen für andere abgeben, ist ihnen doch völlig schnuppe. Das kümmert die nicht, dazu haben sie gar keinen Anlaß. Nein, nein, sie richten ihre Zeigefinger auf mich, als wollten sie mich erschießen.

Warum besitze ich nicht die Selbstsicherheit dieser Leute? Früher hatte ich doch auch einmal Zuversicht. Wo ist die nur geblieben? Mit C. ist mir alles, was einmal stark an mir war, gründlich abhandengekommen. Stattdessen: Schuldgefühle, Schuldgefühle, Schuldgefühle, was auch immer ich tue.

Franziska meint, die anderen wären gar nicht so selbstbewußt, wie ich immer denke. Vielleicht hat sie recht? Vielleicht tun die alle nur so als ob? Und beißen nachts heimlich auch in ihre Kopfkissen. Oder sind sie nur aus Dummheit zufrieden? Aber woran, mal angenommen, daß dem so wäre, erkenn ich den Unterschied? Ach lieber Gott, hilf mir doch! Wie kann ich nur wieder zu der Connie von früher finden?

II.

Freitag, 3. Mai

7. Eine blasse Sonne spielte Sonnenaufgang über Barmbek und tauchte die Hochhäuser an der Mundsburg und das Uhlenhorster Ufer auf der gegenüberliegenden Alsterseite in ein fahles Licht. Zwanzig tapfere Frühaufsteher hatten sich auf der Wiese in Nähe des Restaurants *Cliff* eingefunden, um sie zu begrüßen. Die meisten von ihnen trugen statt der blauen Kirchentagsschals Halstücher in den Farben des Regenbogens, einige hatten sich zusätzlich einen Button an die Brust geheftet, der sie als Mitglieder der Aktionsgruppe LSS, kurz für „Lesbisch-Schwule Spiritualität", auswies. In einiger Entfernung praktizierte ein älterer Mann für sich allein Tai-Chi, im Gebüsch in der Nähe lag ein nur spärlich bekleidetes Liebespärchen eng umschlungen. Es war fünf Uhr morgens: Die Welt war in Ordnung. Noch. Plötzlich hielt eine der Teilnehmerinnen mitten im kleinen Sonnengruß inne, kniff die Augen zusammen und starrte über den Kopf ihres Vordermannes hinweg: eine kurzsichtige, aber dennoch wahrnehmungsbegabte Frau, die ihre Brille für die Dauer der Yogastunde in ihren Rucksack gesteckt und den Rucksack auf einen Haufen mit den Siebensachen der anderen gelegt hatte.

„Was ist das eigentlich da drüben?"

Die Antwort war tadelndes Schweigen. Man ließ sich nicht mitten im Sonnengruß ablenken, Achtsamkeit hieß das Zauberwort.

Die Störerin machte einen halbherzigen Versuch, in den Bewegungsablauf zurückzufinden, vergeblich.

„Mensch, guckt doch mal! Ist das ein Kunstwerk da drüben oder was? Sieht aus, als wäre da jemand festgebunden?“

Zwei oder drei Teilnehmer ertappten sich dabei, wie sie, wenn auch wider Willen, der Blickrichtung der Kurzsichtigen folgten. Etwa zweihundert Meter von ihnen entfernt war etwas Unförmiges an den Stamm einer Birke gebunden. Etwas Seltsames, Großes. Etwas Lebensgroßes. Es musste sich um eine Puppe handeln, alles andere war völlig undenkbar! Oder aber – nein, ganz unmöglich! Das war doch nicht etwa ein Mensch? Der Oberkörper war mit einem weißen Tuch verhüllt, sodass kein Gesicht zu erkennen war. Aber unterhalb des weißen Tuches blitzte ein grauer Kostümrock hervor, darunter waren schön geschwungene Frauenbeine zu sehen, die in einer blickdichten Strumpfhose mit violettem Paisley-Muster steckten. Solche Waden, solche Fesseln hatte doch keine Schaufensterpuppe? Ausgerechnet die Beine ließen das Schlimmste vermuten.

Sie brachen ihre Übung ab, formten einen Halbkreis – einige fassten sich an den Händen – und rückten langsam voran. So neugierig sie waren, so sehr zögerten sie doch, sich dem Ungeheuren zu nähern. Endlich schrie jemand auf: „Ach du große Göttin!“ Damit war der Bann gebrochen. Weitere Schreie folgten. Eine kräftige Frau mit Bürstenschnitt übernahm die Rolle der Anführerin und stürzte zur Birke hinüber. Mit energischer Geste riss sie das verhüllende Laken fort.

„Ach du Schei…“

Die Frau, die direkt hinter ihr stand, wandte sich gerade noch rechtzeitig ab, bevor sie sich übergeben musste.

„Mensch, das ist doch die … die Dingenskirchen!“

„Die Tauber! Das gibt es doch gar nicht!“

Als Letzter beendete auch der Kursleiter seinen Sonnengruß und eilte herbei.

„Stopp!“ Seine Stimme überschlug sich, als wäre er noch im Stimmbruch. „Nichts anfassen!“

„Wir müssen doch gucken, ob sie noch lebt!“, verteidigte sich die Stattliche.

„Aber …“ Der Kursleiter resignierte. Vor ihm stand offensichtlich eine Kampflesbe, ganz der Typ, vor dem er sich insgeheim fürchtete. Von Beruf war er Pfarrdiakon und von Natur aus ängstlich veranlagt: Wäre es nach ihm gegangen, hätte er sein Kursangebot nur auf feinsinnige schwule Spiritualität ausgerichtet. Aber leider durfte man sich heutzutage nicht dem Vorwurf der Diskriminierung aussetzen und musste auch solche Amazonen ertragen.

Schweigend stand die Gruppe um die Birke herum. Auch der Tai-Chi-Jünger hatte seine Bemühungen vorzeitig beendet und sich dazugesellt, das Liebespärchen war, notdürftig bekleidet, aus dem Gebüsch gekrochen. Alle starrten auf die Leiche. Mit rot-weiß gestreiftem Signalklebeband hatte man sie am Baumstamm festgebunden. Mehrere zu ihren Füßen liegende Pflastersteine kündeten von der archaischen Art und Weise, auf die sie zu Tode gekommen sein musste. An ihrer rechten Schläfe klebte Blut.

Die Frau, die die Tote entdeckt hatte, kramte ihre Brille aus dem Rucksack. Plötzlich hatte sie ein Smartphone in der Hand und sogleich folgten zwei, drei weitere Gruppenmitglieder ihrem Beispiel. Aus verschiedenen Blickwinkeln wurden Fotos geschossen und miteinander verglichen. Schon meldete der Erste, dass er seinen Schnappschuss eben auf Facebook gepostet hatte.

Vergeblich versuchte der Gruppenleiter, sich schützend vor der Toten aufzubauen. „Das geht doch nicht! Ihr könnt das nicht fotografieren!“

Leider fehlte es ihm an der nötigen Statur, um die Sicht auf das, was einmal Ute Tauber gewesen war, zu verhindern. Zudem wirkte er bei weitem nicht so entspannt, wie man es von einem Yogalehrer hätte erwarten können. Jetzt hätte er die Amazone als Bündnispartnerin an seiner Seite gebraucht. Wo war sie eigentlich? Er schaute sich suchend um. Soeben kam die Polizei vorgefahren, mit mehreren Streifenwagen gleichzeitig von zwei Seiten. Er musste die Frau um das Bettlaken bitten, damit er es in seiner Rolle als Kursleiter der Polizei quasi offiziell aushändigen konnte. Es war sicher ein wichtiges Beweisstück, auf dem sich außer dem Blut des Opfers auch noch Faserspuren von der Kleidung des Täters befinden mochten. Eventuell sogar dessen DNA. Er sollte aber besser von den Spuren der Täter im Plural sprechen. Aller Wahrscheinlichkeit nach musste man doch davon ausgehen, dass es kein Einzeltäter gewesen war, der dieses grausame Hinrichtungsritual auf der Alsterwiese vollzogen hatte.

So schossen ihm die Gedanken durch den Kopf, während er seinen Blick über die Gruppe schweifen ließ. Er zögerte die Erkenntnis hinaus, wollte sich die Niederlage nicht gleich eingestehen, aber in seinem Innersten wusste er es längst: Sobald die ersten Teilnehmer ihre Kameras und Mobiltelefone gezückt hatten, hatte die Frau mit dem Bürstenschnitt die Gunst des Moments genutzt und war mitsamt ihrer Beute verschwunden.

8.

Seit seinen Studententagen liebte Carl Friedemann es, ausgiebig zu frühstücken, wobei es ihm weniger um die Nahrungsaufnahme ging als vielmehr um ausgedehnte Zeitungslektüre. Im Berufsleben hatte er nur selten diesem Genuss frönen können, schon gar nicht während seiner frühen Jahre als Gemeindepfarrer. Vielleicht war das einer der Gründe dafür gewesen, dass er mit Mitte Dreißig die Weichen noch einmal neu gestellt hatte. Er hatte ein Sabbatjahr genommen, ein diakoniewissenschaftliches Aufbaustudium in Heidelberg absolviert und sich in der Folge zum Notfallseelsorger fortgebildet. In dieser Zeit hatte er als sogenannter Kontaktpfarrer tatsächlich noch einmal in einem kirchlichen

Studentenwohnheim gewohnt – so manche Torheit und die daraus resultierende Ehekrise inbegriffen. Allerdings war der Ehekrise eine Glaubenskrise vorausgegangen, und das war wohl der eigentliche Grund gewesen, eine Alternative zum Beruf des Gemeindepfarrers mit seinem Verkündigungsauftrag zu suchen. „Verkündigungszwang“, so hatte er es damals empfunden.

Seitdem er im Wohnmobil lebte, war er auf keine Tageszeitung mehr abonniert, sondern hatte seine allmorgendliche Routine den veränderten Umständen angepasst. Seit geraumer Zeit informierte er sich mit Hilfe diverser Online-Abonnements und Apps über das Weltgeschehen und bewies sich damit zugleich, dass er auch als Rentner auf der Höhe der Zeit war. Oh ja, er war noch immer fit – fitter denn je, zumal er heute vor dem Frühstück auch noch getrabt war. So nannte er es bei sich selbst, denn als Joggen mochte die Sportart, die er betrieb, doch nicht mehr durchgehen. Aber immerhin. Er war er ein ganz schönes Stück gelaufen, erst um diesen Kuhmühlenteich herum, einen Nebenarm der Alster, dann, da es ein herrlicher Morgen war, weiter an der Uferstraße entlang unter zahlreichen Brücken hindurch und vorbei an einigen Anglern und anderen Frühaufstehern. In erster Linie waren es Kirchentagsbesucher, die sich zu dieser frühen Stunde bereits in kleinen Grüppchen versammelt hatten, um zu beten oder diskutieren. Angeblich hatte Hamburg mehr Brücken als Amsterdam, Venedig und London zusammen; allmählich fing Friedemann an, dem Werbeslogan Glauben zu schenken. Vor der Versöhnungskirche in Eilbek hatte er gemeinsam mit anderen eine kleine Andacht gefeiert und, verschwitzt, wie er war, „Du meine Seele singe“ geschmettert, bevor er über Eilbektal, Eilenau und Lerchenfeld schließlich wieder in den Immenhof zurückgefunden hatte. Dort hatte er auf dem Wochenmarkt einen kleinen Schwatz mit der Frau vom Apfelstand gehalten.

Schon am Dienstagnachmittag hatte er ihre Äpfel bewundert. Sie hatte sie speziell für den Kirchentag mit unterschiedlichen Emblemen verziert, indem die Farbpigmente der Schale, so hatte sie ihm erklärt, mittels eines Laserverfahrens ausgeblichen worden waren. Nun prangten filigrane Christussymbole auf den rotbackigen Früchten. Ein Kreuz, ein Lamm, ein Fisch und zum Zeichen der Auferstehung auch ein Schmetterling. Da Friedemann kein Geld eingesteckt hatte, hatte er die Frau um Kredit für einen Apfel gebeten, woraufhin sie ihm die beiden ihrer Meinung nach prächtigsten Exemplare aus ihrer Kiste ausgesucht hatte. Ein Fisch und ein Schmetterling. Statt des Letzteren hätte Friedemann lieber einen schrumpeligen Apfel mit Delle, aber einem Kreuz darauf bekommen, doch über ein Geschenk konnte man natürlich nicht mäkeln. Immerhin wurde ihm dadurch die Entscheidung, welchen der beiden Äpfel er für sein Sportlermüsli opfern sollte, erleichtert: Es bedurfte keines Auszählverses, um den Schmetterling zu zerschnippeln, seiner Meinung nach ein Symbol für spirituellen Kitsch und „Erbauung light“.

Nun saß er, so zufrieden mit sich und der Welt, wie er nur sein konnte, das heißt nicht übermäßig zufrieden, bei Müsli und Hagebuttentee in seiner Sitzecke im Wohnmobil und sah zu, wie sich sein Laptop hochfuhr. Als sich endlich die Startseite der Internetausgabe des Hamburger Abendblatts auf dem Bildschirm aufgebaut hatte und er den Aufmacher sah, verschluckte er sich an seinen Haferflocken. Während er noch um Luft rang und sich freihustete, fing er schon an zu lesen:

Starpastorin brutal ermordet

Grausiger Fund am Alsterufer

Hamburg. Am frühen Morgen wurde im Alsterpark unweit des „Cliffs“ die grausam zugerichtete Leiche einer Frau gefunden. Unbestätigten Gerüchten zufolge soll es sich um die prominente Pastorin und Bestsellerautorin Ute Tauber (57) handeln. Dies scheinen diverse Fotos zu bestätigen, die bereits kurz nach der Entdeckung der Leiche in verschiedenen Internet-Foren kursierten. Sie wurde vermutlich zu Tode gesteinigt.

Tauber galt als strenge Gegnerin eines frauenfeindlichen Fundamentalismus nicht nur im Islam und im orthodoxen Judentum, sondern auch innerhalb der eigenen Kirche, vor dem sie nicht müde wurde zu warnen. In jüngster Zeit kritisierte der Kirchenstar vor allem die gezielte Unterwanderung der Evangelischen Kirche durch Rechtsextreme. Zu einer Vortragsveranstaltung auf dem 34. Deutschen Evangelischen Kirchentag, bei der Tauber gestern Abend gemeinsam mit ihrem Ehemann in St. Johannis (Altona) hätte auftreten sollen, war sie aus nicht näher bezeichneten Gründen nicht erschienen. Christian Tauber-Sperling (61) war für eine Stellungnahme nicht zu erreichen. Die Kriminalpolizei ermittelt.

Kirchenstar! Friedemann schnaubte verächtlich. Er schloss den Artikel auf dem Bildschirm und gab den Namen „Ute Tauber“ ins Fenster einer Suchmaschine ein. Sogleich breitete sich eine Fülle von Möglichkeiten vor ihm aus. Schöne neue Medienwelt, dachte Carl Friedemann, und dann, als er binnen weniger Klicks fand, wonach er gesucht hatte: Was ist der Mensch für ein ekelhaft voyeuristisches Wesen! Dennoch betrachtete er das Foto, das eine an einen Baum gefesselte Frau zeigte, mit einem Interesse, das die Spur von Neugier und den wohligen Grusel, die sich darein mischten, nicht ganz verleugnen konnte. Immerhin schämte er sich: Ob das sein Seelenheil rettete?

Erst gestern hatte er zum wiederholten Mal versucht, Ute Tauber zu erreichen. Hatte mehrmals im *Madison-Hotel* angerufen, in dem das Ehepaar Tauber-Sperling abgestiegen war – es hatte ihn einige Mühe gekostet, diese Information in

Erfahrung zu bringen –, und darum gebeten, mit ihr verbunden zu werden. Seine Bemühungen waren vergeblich, die beiden waren nicht im Haus gewesen. Und nun war es besiegelt: Es würde zu keiner Begegnung mit Ute mehr kommen. Er würde sie nicht mehr zur Rede stellen, es würde keine Aussprache mehr geben. Und keine Versöhnung. Warum hatte sie sich nur nicht auf seine Briefe hin gemeldet?

Sollte er am Ende doch noch versuchen, mit Christian Tauber-Sperling Kontakt aufzunehmen? Aber warum und zu welchem Behufe? Am Telefon würde man ihn jetzt erst recht abblitzen lassen. Carl Friedemann schloss das Fenster auf dem Computer und klappte den Deckel seines Laptops zu. Er griff nach der Tasse, nahm einen letzten Schluck Hagebuttentee zu sich und spülte seinen Mund damit aus; eine Unsitte, die er sich endlich abgewöhnen sollte, der Farbstoff im Tee färbte seine Zähne schon rötlich. Sein Entschluss war gefasst. Er würde sich eines dieser roten City-Fahrräder mieten, die die Stadt zur Verfügung stellte, und den Vormittag nutzen, um erst mal ein paar Leuten einen Besuch abzustatten.

Es war untypisch für Carl Friedemann, aufzubrechen, ohne vorher den Tisch abzuräumen und das Geschirr zu spülen. Aber das konnte warten bis später. Er vergewisserte sich lediglich, dass ein gewisses Buch sicher im Kasten verstaut lag und dass der Kasten verschlossen war. Ohne diesen Kontrollblick hatte Friedemann sein Wohnmobil noch nie verlassen.

9.

„Ich weiß, das ist schwer für Sie, aber … ist das Ihre Frau?“
Christian Tauber-Sperling hielt den Blick stur gesenkt und konzentrierte sich auf eine kleine Farbabweichung auf dem Fußboden. War das Blut? Er wusste, dass er ein Feigling war, und irgendwann würde er sich gebührend für seinen Mangel an Mut verachten, aber er brachte es nicht über sich, dahin zu

schauen, wohin die Hand des Arztes wies. Der sollte froh sein, wenn es ihm gelang, hier nicht umzukippen. Schon allein diese Gerüche! Auch unter normalen Umständen hätte ihn die Atmosphäre im Institut für Rechtsmedizin an die Grenze dessen gebracht, was er ertragen konnte; einer Leichenidentifizierung hätte es da gar nicht bedurft. Und die Tatsache, dass das Etwas, das er hier identifizieren musste, wahrscheinlich seine eigene Frau war, gab ihm den Rest.

Sterbliche Überreste, dachte Christian, und dann schoss ihm eine Art Schlagzeile durch den Kopf: Von den Übermenschen zu den Überresten! Ein hysterisches Kichern wollte sich in ihm Bahn brechen, aber es gelang ihm, es zu bekämpfen.

„Nehmen Sie sich ruhig Zeit.“ Die Stimme des Arztes war gleichbleibend freundlich. „Da ist ein Muttermal am Hals, das Sie vielleicht wiedererkennen.“

Christian hielt die Augen geschlossen, während er den Kopf in die gebotene Richtung drehte. Er wagte einen nur mehr flüchtigen Blick auf das, was da vor ihm lag, und nickte.

„Sind Sie ganz sicher? Mein Beileid, Herr Tauber-Sperling.“

Der Rechtsmediziner deckte das Tuch wieder über Utes Gesicht, vielmehr über das, was einmal Utes Gesicht gewesen war. Denn was da unter dem Tuch lag, war nie und nimmer Ute. Jedenfalls nicht seine Ute, die Frau, die er einst geliebt hatte und manchmal auch gehasst. Manchmal? In der letzten Zeit wohl öfter, als er zugeben wollte, zum Beispiel erst gestern Abend.

„Herr Tauber-Sperling? Guten Tag, mein Name ist Dr. von Schröder.“

Eine Frau – sie trug einen weißen Kittel und nicht den grünen der Rechtsmediziner – war zu ihm getreten und streckte ihm die rechte Hand entgegen. „Ich bin für die Begleitung der Angehörigen zuständig. Wollen wir uns nach nebenan setzen? Da haben wir einen kleinen Raum, in dem wir ungestört sind.“

„Danke, nicht nötig.“ Christian dachte nicht daran, die ausgestreckte Hand zu ergreifen. Was sollte das hier? Er war selbst Seelsorger und brauchte keinen Zuspruch von wildfremden Leuten. Bei Bedarf konnte er sich seinen eigenen Trost zurechtbasteln. Und wenn nicht, hatte diese Frau Dr. von Schröder gewiss auch nichts parat, was ihn aufrichten konnte.

Die Ärztin lächelte ihn an, siegesgewiss, wie ihm schien, und wandte sich zum Gehen. So blieb ihm leider nichts anderes übrig, als ihr zu folgen.

In der Eingangshalle wartete der Kriminalbeamte, der ihn zur Identifizierung der Leiche hergebeten, vielmehr herbestellt hatte. Christian hatte nicht eigens auf dessen Ankunft gewartet. Schließlich hatte er jedes Recht der Welt, von seiner Frau Abschied zu nehmen, wann immer es ihm passte, und brauchte dazu keine Erlaubnis der Polizei. Und schon gar nicht brauchte er einen Aufpasser an seiner Seite. Wer wünschte sich in einer solchen Situation schon jemanden, der ihn beaufsichtigte?

„Thomas Lemaitre, guten Tag.“

„Tauber-Sperling“, er biss sich auf die Lippen. „Aber Sperling reicht.“

Wie eigentlich immer in den letzten Jahren, wenn er sich vorstellen musste, ärgerte sich Christian über seinen sperrigen Doppelnamen. Längst hatte er die Entscheidung, die er in jugendlichem Leichtsinn getroffen hatte, bereut und das Emanzipationsgefasel von einst als Geste der Unterwerfung enttarnt, aber nachdem er sich einmal daran gewöhnt hatte, war es nicht so leicht, den Namen wieder abzulegen. Hoffentlich würde ihm das jetzt, da Ute tot war, endlich gelingen.

Der Kriminalkommissar wies in die Richtung, in die Dr. von Schröder gerade entschwand. „Es gibt hier einen kleinen Raum für die Angehörigen, in dem wir uns ungestört unterhalten können. Wollen wir uns da hineinsetzen? Das erspart Ihnen fürs erste den Weg aufs Präsidium.“

„Ich wüsste nicht … Ich weiß ja nichts … Mein Gott, das ist alles so unwirklich."

Christian hörte sich stammeln, als spräche ein Fremder. Wie in Trance nahm er wahr, dass die Ärztin eine Tür aufschloss und dann zur Seite trat, um ihm und Lemaitre den Vortritt zu lassen. Offenbar war das Ganze ein abgekartetes Spiel. Gern hätte er eine Bemerkung gemacht, die ihn als souveränen, seiner Sinne mächtigen Gesprächspartner auswies, stattdessen blieb er stumm und folgte dem Kommissar in einen engen Raum, in dem ein Tisch und mehrere Stühle standen. Darin roch es nach Angstschweiß, Tränen und zu vielen Zigaretten, die die Trauernden geraucht hatten – wahrscheinlich nicht einmal hier, sondern schon vorher bei sich zu Hause. Ein Fotoposter in Schwarzweiß, auf dem eine weiße Lilie zu sehen war, sowie eine Duftkerze auf der Fensterbank erzeugten nicht wirklich eine sakrale Stimmung.

Entgegen Christians Annahme ließ die Ärztin den Kriminalkommissar und ihn allein. Thomas Lemaitre schloss die Tür, wies auf einen Stuhl und setzte sich auf den Platz ihm gegenüber. „Mein Beileid, Herr Tauber."

Spar dir deine Förmlichkeiten, dachte Christian. In Wahrheit stehe ich doch auf der Liste deiner Verdächtigen ganz obenan, wollen wir wetten? „Danke", sagte er laut.

„Tut mir leid, wenn ich Sie belästigen muss", fuhr der Kommissar fort und Christian nickte, „aber Sie verstehen sicher: Je eher wir die richtigen Maßnahmen einleiten und falsche Hinweise von richtigen trennen, desto größer ist unsere Chance, den- oder diejenigen zu finden, die Ihrer Frau das angetan haben. Und Ihnen."

Christian starrte auf die Tischplatte. Hier müsste mal Staub gewischt werden, dachte er.

Der Kommissar ließ einige Augenblicke verstreichen, bevor er die erste Frage stellte. „Wann haben Sie Ihre Frau denn zuletzt gesehen?"

Christian wandte seinen Blick von der Tischplatte ab. Seine Fingernägel waren ebenfalls schmutzig. Komisch, dass ihm das ausgerechnet jetzt auffiel. „Entschuldigung, was war noch mal die Frage?“

„Sie hatten gestern Abend, soviel ich weiß, einen gemeinsamen Auftritt auf dem Kirchentag, zu dem Ihre Frau nicht erschien. Sie sind nicht zusammen vom Hotel zur Max-Brauer-Allee gefahren?“

„Ich glaube, vor drei Tagen“, sagte Christian. „Oder nein, warten Sie, vor vier Tagen. Wir haben ja schon Freitag, und das ist wohl am Montag gewesen.“

Lemaitre guckte ihn überrascht an. „Aber Sie sind doch gemeinsam im Hotel abgestiegen? Im *Madison*, wenn ich nicht irre?“

„Wir haben uns ein Zimmer geteilt.“ Christian begutachtete seinen linken Daumennagel und fing an, mit dem Nagel des rechten kleinen Fingers darunter zu pulen. „Aber das bedeutet nicht, dass ich meine Frau gesehen hätte. Sie mich schon eher.“

„Das müssen Sie mir erklären.“

„Da gibt es nichts zu erklären. Wir sind getrennt angereist, ich bereits am Montagabend und sie am Donnerstagmorgen. Ich … verbringe nicht gern den Tag auf der Bahn, wenn ich am selben Abend einen Vortrag halte. Zu viel Hetze.“

Er merkte selbst, dass er Gefahr lief, sich vor dem Kommissar wie der letzte Schlaffi zu präsentieren, und beeilte sich hinzuzufügen, dass er außerdem Termine in Hamburg gehabt hätte. „Ich wollte auch bei der Eröffnungsfeier dabei sein. Meine Frau hatte noch in Arnsberg zu tun, deshalb kam sie erst später.“

„Montagabend also.“

Christian nickte. Er versuchte, den Schmutz mit dem rechten Zeigefingernagel zu entfernen.

„Und Sie haben sie nicht gesehen.“

„Ich schlief noch, als sie eintraf. Sie hat nur ihr Gepäck abgestellt und sich die Zähne geputzt, nehme ich jedenfalls an – darin war sie groß, im Zähneputzen, wissen Sie. Na ja, und sonst in allem anderen natürlich auch. Und sie hat mir eine Nachricht hinterlassen. Als ich aufwachte, war sie schon wieder fort."

„Eine Nachricht?"

„Ja, dass sie noch ein paar Dinge zu erledigen hätte, irgendjemanden treffen, glaube ich, und dass wir uns direkt bei der Veranstaltung sehen würden. Und welchen … ach, unwichtig, vergessen Sie´s."

Er ärgerte sich. Dieser Kommissar hatte eine Art zu fragen oder vielmehr eine Art nicht zu fragen, eine Aura des Schweigens, dass man sich leicht um Kopf und Kragen reden konnte. Vielleicht war es auch nur eine Masche, die er sich bei weiß Gott welchem Krimihelden abgeguckt hatte. Auf jeden Fall funktionierte die Strategie.

Lemaitre hakte nach. „Welchen … Was wollten Sie sagen?"

Christian ließ von seinen Fingernägeln ab, faltete die Hände und legte sie auf den Tisch. „Welchen Schlips ich abends umbinden sollte. Damit sich die Farbe nicht mit der ihres Blazers biss." Er versuchte zu lächeln. „Sie wissen doch, Frauen … Sie hatte da einen sehr speziellen Geschmack."

„Wenn Sie uns die Notiz bitte aushändigen könnten …"

Christian versuchte sich in einem Lachen. „Ich fürchte, die ist längst im Papierkorb gelandet. Tut mir leid, aber ich bin kein Fetischist, der solche Botschaften aufhebt."

Während er sich reden hörte, dachte er, dass er wie eine Figur aus der Inspektor Barnaby-Serie klang. Die sagten auch immer „ich fürchte", wenn sie „leider" meinten. Dabei tat ihnen das, was sie angeblich bedauerten, in Wahrheit kein Fitzelchen leid.

„Und Sie sind wann aufgewacht?"

„So halb neun, neun."

Es war bereits viertel vor zehn gewesen, als er in die Welt gefunden hatte, aber das brauchte er diesem Kriminalhauptkommissar nicht auf die Nase zu binden. Nicht, dass der ihn für faul hielt oder gar depressiv. Und aufgewacht war er ja wirklich schon etwas früher.

„Wie sah Ihr Programm am Donnerstag denn aus?"

Christian ließ ein paar Mal seine Daumen umeinander kreisen, bevor er antwortete, und probierte ein gelangweiltes Schulterzucken. „Ich habe gearbeitet. Geschrieben."

„Im Hotel?"

„Sicher, wir haben deswegen extra um ein geräumiges Studio gebeten. Zwischendurch habe ich mir eine Gemüsebrühe bereitet, man hat da ja eine richtige kleine Küchenzeile, sehr praktisch."

„Aber bezeugen kann das keiner?"

War das nicht eine von diesen rhetorischen Fragen, die in Filmen streng verboten waren? „Nein. Oder doch, ja, das Zimmermädchen. Und der Mann vom Getränkeservice."

Ihm fiel noch etwas ein. „Vorher, so zwischen zehn und zwölf, habe ich trainiert, erst auf dem Laufband, dann habe ich noch Gewichte gestemmt. Anschließend war ich kurz in der Sauna. Vielleicht hat mich da jemand gesehen."

Unter anderen Umständen wäre ihm die Vorstellung eher unangenehm gewesen. Da er seine Brille ablegte, wenn er in die Sauna ging, bildete er sich gerne ein, dass seine Mitmenschen genauso wenig Notiz von ihm nahmen wie er von ihnen. „Es gibt da ein sehr schönes Fitness-Studio im Haus, das die Hotelgäste bis zwölf Uhr mittags kostenlos mitbenutzen dürfen. Im Pool bin ich auch ein paar Runden geschwommen."

Lemaitre zog einen kleinen Schreibblock hervor und machte sich Notizen. Unvermittelt blickte er auf. „Würden Sie Ihre Ehe als glücklich bezeichnen, Herr Tauber-Sperling?"

Christan schnappte. „Sie verdächtigen mich doch nicht etwa, meine Frau ermordet zu haben?" Er wartete keine Antwort ab, sondern empörte sich weiter. „Das ist absolut lächerlich. Ich verbitte mir das!“

„Wann sagten Sie, haben Sie das *Madison* verlassen?“

Es dauerte einen Moment, bis Christian sich soweit beruhigt hatte, dass er antworten konnte, aber er zwang sich zu einer halbwegs kooperativen Antwort. „Der Wagen, der mich abholte und nach Altona brachte, kam um halb fünf.“

„Die Veranstaltung begann doch erst um sechs. Warum haben Sie nicht auf Ihre Frau gewartet?“

„Wissen Sie, ich nehme meiner Frau gern den Soundcheck ab und erspare ihr das übliche Vorgeplänkel mit dem Veranstalter, diesen lästigen Smalltalk. Sie wird da leicht ein wenig ungeduldig.“ Zum Ausgleich hielt sie umso länger beim geselligen Umtrunk nach den Veranstaltungen durch, dachte er, verkniff sich aber eine Bemerkung darüber. „Wie gesagt, sie wollte von ihrem Termin direkt nach Altona kommen.“

„Aber was für ein Termin das war, können Sie mir nicht sagen?“

„Da muss ich leider passen.“

Der Kommissar musterte ihn, als sei allein schon diese Unwissenheit höchst verdächtig. Christian beschloss, den Spieß umzudrehen. „Wissen Sie, was Ihre Frau jetzt gerade treibt?“

Er bekam keine Antwort.

„Entschuldigung, ich wollte Ihnen nicht zu nahe treten. Meine Frau und ich sind … wir waren vielbeschäftigte Menschen. Jeder hatte sein eigenes Leben. Die Schnittstellen sind doch das, was zählt in einer Ehe. Und nicht die Tatsache, dass man notfalls auch allein zurechtkommen kann.“

Der Kommissar zeigte plötzlich mit beiden Zeigefingern auf ihn. Offensichtlich war gerade ein Groschen gefallen. „Das ist doch auch einer Ihrer Buchtitel, nicht wahr, *Schnittstellen*?“ Vielleicht hatte er sich vor dem Gespräch bereits schlau gemacht.

Christian nickte. In diesem Moment traf es ihn wie ein Schlag. Eine Treppe tiefer lag Ute, seine Ute, nein, nicht seine Ute: eine monströse Leiche in einem monströsen Raum in einem monströsen Kühlfach, ermordet und auf monströse Weise verstümmelt. Er begann am ganzen Körper zu zittern und sah sich selbst dabei zu. Er sah, wie der Kommissar sich erhob und zur Tür ging, er sah auch, wie der Kommissar den Mund auf und zu machte, aber er hörte nicht, was der Mann sagte. Er sah die Ärztin mit einem kleinen Köfferchen herbeigeeilt kommen, während er ihr langsam entgegenkippte. Und während sie eine Spritze aufzog, wusste er, dass er sich in einem Albtraum befand, der noch andauern würde, wenn er wieder zu sich käme, und dass Utes Tod etwas war, was er niemals begreifen würde.

10. **robin@googlemail.com**

Nun bin ich wieder in einen Thriller hineingestolpert, Shit, dabei will ich nur einen *schreiben* und keinesfalls selbst Romane erleben. „Nur" in Anführungszeichen gedacht, denn ein solches Projekt ist natürlich keine kleine Sache. Und ich bin zwar gut im Sprinten und Kugelstoßen, aber ob ich auch den Marathonlauf schaffe, muss sich noch zeigen. Und dann habe ich mich ja noch entschieden, ihn auf Deutsch zu verfassen. Manchmal frage ich mich, warum ich mir das antue und was für eine spezielle Form von Masochismus das ist. Aber immerhin ist Deutsch quasi meine Muttersprache, auch wenn wir zu Hause nur Englisch sprachen. Und ich muss meine Spuren verwischen, es ist nun mal so. Den Titel weiß ich schon: „Durchstoßenes Herz". Ist schon eine böse Ironie der Geschichte, dass die Figur damals so hieß. Und dass es mich auch erwischt hätte, wär ich nicht böse gewesen und Mum und Dad weggelaufen.

Mein Ungehorsam hat mir das Leben gerettet. Tja, nicht immer werden artige Mädchen belohnt.

Ich werde mir ein Pseudonym zulegen, Emma Schünemann nach Mums Großmutter, denke ich mal, und mir dazu eine neue Vita erfinden. Das machen doch viele Autoren so. Kein Mensch wird mich je in Good Old Germany vermuten, und wenn, dann wohl eher in der Gegend von Kaiserslautern. Well, it´ll be a hell of a joke …

Ich hoffe nur, dass Cori jetzt durchhält. Sie ist zu empfindsam, zu schwach. Einfach zu weiblich. Die ganze Drecksarbeit hängt wie immer an mir. Jetzt sitzt sie oben im Schlafzimmer, heult und suhlt sich in ihrer Verzagtheit. (Hey, ich erinnere mich täglich an neue Wörter, „suhlt sich" klingt gut, doesn´t it?) Könnte Madam zur Abwechslung nicht einfallen, sich einmal um mich zu kümmern? Aber nein, immer dasselbe Muster. Vor lauter Selbstmitleid weiß die Prinzessin nicht aus noch ein, während ich dazu verdammt bin, mir die Hände schmutzig zu machen. Manchmal frage ich mich, ob über meinem Leben ein Fluch liegt?

Jedenfalls helfen schlaue Sprüche hier nicht weiter, seit gestern zählt nur die Tat. Und denkt sie etwa, mir wäre das leicht gefallen? Ihretwegen hab ich die ganze Nacht geschuftet und bin auch heute Morgen nicht zum Schlafen gekommen. Anstatt mir Vorwürfe zu machen, hätte sie ruhig mal „danke" sagen können. Oder verlange ich etwa zu viel?

Well, Weiber. Fucking femininity and all that …

(Hey, das klingt gut, ein super Name für eine Band. Sobald ich mit meinem Roman fertig bin, werde ich vielleicht noch mal eine gründen. Oder ein guter Romantitel, falls ich nach dem Thriller etwas Lustiges schreibe? Vielleicht zwei Fliegen mit einer Klappe!)

11. Der Parkplatz vor dem Polizeipräsidium in Hamburg-Alsterdorf war an diesem Freitagmorgen nicht so leer, wie man es bei einem Behördenparkplatz an einem verlängerten Wochenende hätte erwarten können. Kein Wunder, dachte Carl Friedemann, während er das gemietete Fahrrad an einen Ständer schloss. Evangelischer Kirchentag plus Maifeiertag mit der üblichen Randale im Schanzenviertel, gleich zwei Gründe für eine Großlage bei der Hamburger Polizei. Und dann zu allem Überfluss noch der Mord an einer der prominentesten Repräsentantinnen der Evangelischen Kirche – das war wirklich mehr, als man brauchte.

Bevor er sich an der Mundsburger Brücke aufs Rad geschwungen hatte, hatte Friedemann überlegt, ob er vorher im Präsidium anrufen und sich vergewissern sollte, dass sein alter Freund Thomas Lemaitre überhaupt im Haus war. Er hatte sich dagegen entschieden. Nichts lag doch näher an einem solchen Tag, als sich gegenüber Anrufern verleugnen zu lassen oder im letzten Moment noch Reißaus zu nehmen, egal, wie lange man einander nicht gesehen hatte und wie sehr man den anderen schätzte. Wie sehr man den anderen möglicherweise schätzte, sollte er besser sagen, denn so eng, als dass er bedingungslose Wiedersehensfreude auf Seiten des Hamburger Hauptkommissars hätte voraussetzen können, war die Freundschaft nicht. Wenn es sich für den Kommissar denn überhaupt um Freundschaft handelte und nicht nur um bloße Bekanntschaft. Vielleicht war er mehr an Lemaitre interessiert als umgekehrt Lemaitre an ihm.

Sie hatten sich vor zwölf, fünfzehn Jahren bei einem Lehrgang kennengelernt, den Carl Friedemann über den Umgang mit Familienangehörigen von Unfall- und Suizidopfern abgehalten hatte. Seitdem telefonierten sie regelmäßig miteinander. Es war immer Friedemann, der den anderen anrief, einmal im Sommer und einmal im Winter zwischen den Jahren, der Himmel wusste, warum. Als er damit anfing, war Gisela noch gesund gewesen und er noch nicht so bedürftig nach einem Gesprächspartner wie in späteren Jahren, als der Krebs als Dritter im Bunde in ihre Ehe getreten war, oder auch nach ihrem Tod. Dabei waren weder Lemaitre noch er am Telefon besonders gesprächig, weshalb ihre Unterhaltungen manchmal seltsam verliefen. Aber ein freundliches Schweigen auf beiden Seiten schweißte mitunter mehr zusammen als manche belanglose Plauderei.

Thomas Lemaitre kam persönlich zum Eingang, um ihn abzuholen. „Hochwürden! Das kann kein Zufall sein!"

Wie in Polizeikreisen üblich, hatten sich alle Seminarteilnehmer damals geduzt. Indem Carl Friedemann den Hauptkommissar manchmal mit seinem richtigen, öfter aber mit erfundenen Dienstgraden anredete und Lemaitre ihn seinerseits mit ebenso fantasievollen Titeln bedachte, hatten sie außerhalb des Seminarraums zu einer, wie Friedemann fand, angenehmen Mischung aus Nähe und Distanz gefunden.

Er reichte Lemaitre die Hand. „Grüß dich, Inspektor. Was macht die Mörderjagd?"

„Danke, und selber? Heute schon eine arme Sünderseele gerettet?"

„Bei dir fang ich an."

Lemaitre grinste. „Okay, nehmen wir also die Treppe."

Sie schwiegen, bis sie den dritten Stock erreicht hatten. Lemaitre wischte sich den Schweiß von der Stirn, obwohl er gut und gerne fünfzehn Jahre jünger als Friedemann war.

„Ungesunde Lebensweise? Du solltest mehr Rad fahren."

Der Hauptkommissar antwortete nicht. Oder vielleicht ließ er sich auch nur Zeit mit einer Antwort. Inzwischen hatten sie sein Zimmer erreicht.

„Der Kaffeeautomat ist kaputt. Aber da ist noch etwas O-Saft. Ist von der letzten Weihnachtsfeier übrig geblieben. Die meisten von uns trinken bei solchen Gelegenheiten ja lieber Alkohol, wenn wir es schon mal dürfen."

Friedemann zögerte. „Gern.“

Lemaitre wies mit der Hand auf einen leeren Stuhl und ging um seinen Schreibtisch herum. Während er sich setzte, schob er einen Stapel Papiere und eine dreckige leere Espressotasse zur Seite. Dann langte er ins Regal hinter sich, wo ein paar alte Senfgläser und ein Eineinhalb-Liter-Tetrapack Orangensaft eine bescheidene Hausbar darstellten. Er knallte seinem Besucher ein Glas vor die Nase und goss aus der bereits angebrochenen Packung ein. Bis zur Hälfte füllte sich das Glas mit einer halbwegs orangefarbenen Flüssigkeit, dann schwappte ein unförmiges grünliches Gebilde aus der Packung. Lemaitre und Friedemann starrten sich verblüfft an.

„Vorhin habe ich noch davon getrunken …“

„Mach dir nichts draus. Kann schnell mal passieren bei dem Wetter.“

Der Hauptkommissar sah nicht so aus, als ob er sich etwas daraus machte. „Und was führt dich nach Hamburg? Der Kirchentag?“

„So ist es.“

„So viel du kriegen kannst, was?“

„So viel du brauchst.“

„Bisschen zynisch, oder? Jeder bekommt, was er verdient, die einen gehen leer aus, den anderen wird alles hinterhergeschmissen, und zwar all inclusive. Oder versteh ich das falsch?“

Friedemann bemühte sich, nicht allzu nachsichtig zu lächeln. Er wusste genau, was der Hauptkommissar in diesem Moment dachte: Wenn man sie frontal angriff, antworteten diese Pfaffen nie!

Lemaitre hatte auf dem Lehrgang mit seiner Kritik nicht hinterm Berg gehalten und zum Teil harte antiklerikale Töne angeschlagen. Aber das war es gerade, was Friedemann an ihm reizte. Der Hauptkommissar hatte ja in manchem durchaus Recht. Und da sagte Lemaitre es auch schon:

„Verdammt, du bist doch immer noch der geborene Pfaffe. Wenn es hart auf hart kommt, lächelt ihr nachsichtig, weil ihr immer alles besser wisst, aber unsereinem großzügig die Chance geben wollt, selbst zur Wahrheit zu finden. Zum Kotzen ist das!“

Leider wussten sie es nicht immer besser, dachte Friedemann, aber das würde er vor dem Kommissar niemals zugeben. „Ich bin nicht zum Beten ins Präsidium gekommen“, sagte er.

„Nein, leider nicht. Dabei wäre das mal was anderes. Entschuldige bitte.“ Lemaitre schnupperte an seinem O-Saft.

„Ich kenne … Ich kannte Ute Tauber“, sagte Friedemann. „Ihr werdet ja sicher ihre Telefonverbindungen beziehungsweise die des Hotels überprüfen. Der Mann, der gestern mehrfach versucht hat, sie zu erreichen, bin ich. Nicht dass ihr in eine falsche Richtung ermittelt oder euch mit Nebensächlichkeiten aufhaltet.“

Lemaitre beugte sich vor und musterte seinen Besucher mit zusammengekniffenen Augen. Auf der Stelle packte Friedemann das schlechte Gewissen. Ein albernes Relikt aus Kindertagen, dachte er. Dieses schlechte Gewissen überkam ihn jedes Mal, wenn er mit dem Auto unterwegs war und einen Polizisten auch nur an der Straßenkreuzung stehen sah. Automatisch fühlte er sich schuldig. Eines Tages würde man ihn verhaften, weil er sich im Gespräch mit einem Polizisten entsprechend verdächtig benahm.

„Deswegen bin ich gekommen“, sagte er. „Um euch den Weg, vielmehr einen Umweg, zu ersparen.“

„Was wolltest du von der Tauber?“, fragte Lemaitre.

„Wie gesagt, ich kannte sie. Schon seit …“

„Moment mal. Stört es dich, wenn ich unser Gespräch aufzeichne?“

Der Hauptkommissar wartete die Antwort nicht ab, sondern zog die oberste Schublade seines Schreibtischs auf, holte ein antikes kleines Aufnahmegerät samt Mikro daraus hervor und baute es vor Friedemann auf. Nachdem er die Aufnahmetaste gedrückt hatte, lehnte er sich entspannt zurück, soweit das auf seinem Bürodrehstuhl, einem vorsintflutlichen Modell aus dem vorigen Jahrhundert, überhaupt möglich war. Friedemann erinnerte sich daran, dass der Kommissar nicht gern bequem saß; es hinderte ihn angeblich beim Denken.

„Du kanntest Ute Tauber also persönlich?"

„Ja, wir wohnten zur selben Zeit im TSH, dem Theologischen Studienhaus, einem evangelischen Studentenwohnheim. Herrlich gelegen, direkt am Neckar, man hatte einen tollen Blick auf die Altstadt und das Schloss schräg gegenüber."

„Wenn ich jetzt auch noch die Stadt erfahren dürfte, in der sich das alles abgespielt hat – Tübingen?"

„Pardon, hab ich das nicht gesagt? Das war in Heidelberg, im Winter 77, Sommer 78."

„Heidelberg liegt auch am Neckar?" Lemaitre war norddeutscher Lokalpatriot, auch wenn seine hugenottischen Vorfahren einst aus Frankreich emigriert waren. „Aber … habt ihr denn zur selben Zeit studiert? Die Tauber war doch um einige Jahre jünger!"

„Stimmt, Ute Tauber war damals Studentin und ich ein sogenannter Kontaktpfarrer. Das heißt, nach sieben Jahren im Gemeindedienst konnte man eine Auszeit nehmen und noch mal ein Semester studieren. In meinem Fall waren es sogar zwei. War eine gute Zeit damals."

„Darauf möchte ich wetten." Lemaitre grinste.

Friedemann bemühte sich um einen weniger selbstzufriedenen Blick.

„Und du und die Tauber, ihr wart also …"

Carl Friedemann wehrte ab. „Danke, sehr schmeichelhaft, aber nein, nicht das, was du denkst." Er musste Lemaitre ja nicht alles auf die Nase binden. „Worauf ich hinaus will: Ute war schon damals keine einfache Frau. Sehr zielstrebig, sehr ehrgeizig. Sagen wir mal, sie verstand es hervorragend, Leute gegeneinander auszuspielen."

„Eine Intrigantin, willst du sagen?"

„Nun ja, so würde ich es nicht bezeichnen. Aber es sind einige ihretwegen auf der Strecke geblieben."

„Denkst du an jemand bestimmtes?"

Friedemann wich dem Blick des Kommissars aus. Vielleicht hatte er sich schon zu weit aus dem Fenster gelehnt. „Das ist alles eine Ewigkeit her. Und mit dem, was jetzt passiert ist, hat es sicher nichts zu tun. Eine scheußliche Geschichte. Ist sie wirklich gesteinigt worden?"

Lemaitre überging die Frage. „Erzähl mir einfach alles, was du weißt. Denk an den Satz aus dem Fernsehkrimi: ´Ob das etwas mit dem Fall zu tun hat oder nicht, entscheiden immer noch wir.`"

„Apropos Steinigung, da gibt´s einen üblen Witz. Du kennst die Geschichte von Jesus und der Ehebrecherin?" Als sein Gegenüber nicht antwortete, fuhr er fort: „Eigentlich wollen die Schriftgelehrten und Pharisäer Jesus auf die Probe stellen, und das machen sie, indem sie eine Ehebrecherin zu ihm führen und ihn fragen, ob sie die Frau nach dem Gesetz Moses steinigen sollen. Zunächst antwortet Jesus nicht – genau wie jetzt du –, sondern er schreibt mit dem Finger etwas auf die Erde. Sie hören aber nicht auf, ihn zu löchern, bis er endlich antwortet: ´Wer von euch ohne Sünde ist, der werfe den ersten Stein.`"

Lemaitre nickte. Friedemann erhob unwillkürlich die Stimme: „In diesem Moment zischt ein Stein haarscharf an Jesus` rechtem Ohr vorbei, fliegt weiter quer durch die Menschenmenge, ohne sonst jemanden zu verletzen, und trifft die Ehebrecherin mitten auf die Stirn, sodass die arme Frau tot umfällt. Irritiert schaut Jesus auf, und als er sieht, wer den Stein geworfen hat, seufzt er: ´Mama! Du nervst!`"

Obwohl Friedemann den Witz seit geraumer Zeit im Repertoire hatte, konnte er noch immer herzhaft darüber lachen. Lemaitre brachte nur eine gequälte Grimasse zustande. „Du bist aber nicht gekommen, um mir einen Witz zu erzählen."

„Nein, ich wollte nur darauf hinweisen, was ich schon gesagt hab: dass ich gestern versucht habe, Ute Tauber anzurufen. Ich dachte, ich sollte euch die Arbeit ersparen. Sicher werdet ihr den Täter, die Täter vielmehr, ja sowieso in politischen Zusammenhängen suchen."

„Verstehe." Lemaitres Telefon klingelte. Er drückte die Stopptaste des Aufnahmegerätes und nahm den Anruf entgegen. „Grüß Sie, Herr Tauber-Sperling. Was gibt´s?"

Friedemann wollte sich erheben, aber der Hauptkommissar bedeutete ihm mit einer Handbewegung sitzenzubleiben.

„Ein arabischer Geliebter?", wiederholte Lemaitre. „Persisch, auch gut. Natürlich, verstehe. Interessant. Haben Sie eine Adresse?" Aus dem Hörer tönte ein unverständlicher Wortschwall. „Ach so." Der Hauptkommissar klang enttäuscht. „Und seitdem hat es keinen Kontakt mehr gegeben? Moment."

Er zog einen Kugelschreiber aus dem Becher, in dem sich ein Sammelsurium an Stiften befand, und kramte unter seinen Papierstapeln ein Schriftstück hervor, bei dem es sich offensichtlich um eine alte Rechnung handelte. Nachdem er einen flüchtigen Blick darauf geworfen hatte, drehte er das Blatt um und notierte etwas auf der Rückseite. „Können Sie das buchstabieren? Okay, ich höre."

Auch ohne hinzuschauen ahnte Carl Friedemann den Namen, den Lemaitre in großen Druckbuchstaben notierte: Hamid Samadzadeh. Ein weiterer dieser lang schon vergessenen Namen. Wie unwirklich war das alles!

Thomas Lemaitres Gespräch mit Christian Tauber-Sperling näherte sich dem Ende. „Ja, ich komme am späteren Nachmittag bei Ihnen vorbei. Verstehe. Keine Ursache. Bis dann."

Er steckte den Hörer zurück ins Ladegerät und atmete hörbar aus. „Ein anstrengender Bursche, dermaßen umständlich.

Für den Polizeidienst wäre er vollkommen untauglich gewesen. Selbst als Zeuge taugt er nicht. So was kann ja nur Pope werden."

Carl Friedemann lächelte. „Dann habe ich wohl mehr mit ihm gemeinsam, als ich vorher dachte. Übrigens wohnte er damals auch im TSH an der Neuenheimer Landstraße."

„Das muss ja eine schöne Brutstätte der Inzucht gewesen sein. Aber Kontakt hattet ihr sonst keinen mehr?"

„Hielt sich schon damals in Grenzen."

„Danke, dass du dir die Zeit genommen hast, Carl." Lemaitre erhob sich. „Hat mich gefreut, meinen Beichtvater mal wiederzusehen."

„Falls du noch Fragen hast, meine Handynummer hast du?" Friedemann kramte seine Brieftasche hervor und entnahm ihr eine Visitenkarte, auf der nur sein Name, eine E-Mail-Adresse und die Nummer seines Mobiltelefons standen. „Hier, für alle Fälle. Ich kampiere vor der St. Gertrud-Kirche, im Immenhof, so heißt die Straße."

„Alles klar." Der Hauptkommissar nahm das Kärtchen entgegen und warf einen Blick darauf. Und dann schoss er aus der Hüfte: „Sag mal, Hochwürden, du hältst nicht zufällig mit irgendwas hinterm Berg, oder? Was ist es, das du loswerden möchtest? Irgendetwas ist doch mit dieser Tauber, was dich ganz persönlich bedrückt."

„Ach, das ist so eine protestantische Eigenart", murmelte Friedemann. „Unsereins ist doch immer bedrückt. Wir fühlen uns immer schuldig. Dazu gehört nicht viel."

„Na dann", Lemaitre reichte ihm die Hand und hielt sie fest, während er weiter redete. „Sagt dir der Name Hamid Samadzadeh etwas?"

Friedemann zögerte einen Moment zu lang, um die Frage noch glaubhaft verneinen zu können. „Hamid war Ute Taubers Freund, bevor sie sich mit Christian Sperling verlobte. Aber …"

„Ist lange her, willst du sagen?“

Carl Friedemann überschlug die Zahlen im Kopf. „Fünfunddreißig Jahre, das ist schon eine gewisse Zeitspanne.“

„Sehe ich genauso.“ Endlich ließ Lemaitre seine Hand los. „Nächstes Mal fließt der Kaffee wieder.“

„Besuch mich lieber in meinem fahrbaren Domizil. Da gibt´s einen ordentlichen Schuss Genever dazu. Der desinfiziert.“

Lemaitre grinste. „Soviel du brauchst, ja?“

Friedemann nickte. „Genau. So viel du brauchst.“

Er atmete erst auf, als er wieder vor dem Präsidium stand.

Vielleicht war es doch keine so gute Idee gewesen, dem Hauptkommissar einen Besuch abzustatten.

12.

Christian Tauber-Sperling lag mit geschlossenen Augen auf dem Hotelbett und haderte mit dem Gedanken, je wieder aufstehen zu müssen. Ute zu identifizieren war die schwerste Prüfung in seinem gesamten Leben gewesen. Nachdem er aus der Rechtsmedizin zurückgekehrt war, hatte er sein Räuberzivil gegen den dunklen Abendanzug getauscht, den er am Vorabend getragen hatte, und eine Krawatte in gedeckten Farben umgebunden. Zum Rasieren fehlte ihm der Elan, aber immerhin hatte er es noch geschafft, sämtliche Pressetermine abzusagen, bevor er sich hingelegt hatte. Wie er jetzt so ausgestreckt dalag, fühlte er sich beinahe selbst schon gestorben. Ein Leichnam, den man zur Totenwache eingekleidet und hier aufgebahrt hatte.

Er war im falschen Film gelandet, aber das war nicht einmal das Schlimmste. Schlimmer war, dass es keinen Notausgang gab und in absehbarer Zeit auch nicht geben würde. Erst dieser unrühmliche Abend in St. Johannis. Die Kopfschmerzen, seit Dienstag schon. Die Angst, dass man ihm trotz der Unmengen Abdeckcreme, die er benutzt hatte, die Blessuren an Stirn und Schläfen noch ansah. Und ein abergläubischer Tontechniker, der sich für sein freundliches „Danke" gerächt und ihn nicht richtig ausgesteuert hatte, sodass sein schöner Vortrag in den hinteren Reihen des Kirchenschiffs weitgehend unverständlich geblieben war und einige Zuhörer sich anschließend über den Wortsalat beschwert hatten. Natürlich hatten sie das erst im Nachhinein getan, anstatt sich während des Vortrags zu melden, wo noch etwas zu verbessern gewesen wäre.

Es war alles zu viel. Am frühen Morgen hatten sie ihn aus dem Schlaf geklingelt und mit dieser Hiobsbotschaft überrascht. Ute war tot. Auch hier gab es ein „Schlimmer noch": Sie war einem grausamen Verbrechen zum Opfer gefallen. Auf bestialische Weise ermordet. Es war unfassbar. Wer machte so etwas? Und warum ließ Gott so ein Verbrechen zu? Mit solchen Fragen würde man ihn löchern, das war sicher wie das Amen in der Kirche, wie es immer so schön hieß. Und was sollte er den Leuten sagen? Er wusste ja selbst keine Antwort darauf. Und er war auch noch selbst schuld daran! Oh Gott, warum hatte er sich nur für ein Studium der Theologie entschieden? Und warum hatte er ausgerechnet diese Frau mit ihrem krankhaften Ehrgeiz heiraten müssen und gemeinsam mit ihr Bestseller auf Bestseller geschrieben? Es war einfach absurd: Um sich vor der Gemeindearbeit und vor allem der Seelsorge mit allem, was dazugehörte, zu drücken, hatte er angefangen Bücher zu schreiben – mit dem Erfolg, dass sich die Schar der Bedürftigen, die von ihm seelsorgerlich betreut und getröstet werden wollten, ins Unüberschaubare gesteigert hatte. Er konnte sich nicht einmal darüber beklagen. Schließlich hatte er es sich selbst eingebrockt, dass all diese Menschen, die ihn nicht im Mindesten interessierten, jetzt begierig an seinen Lippen hingen und eine Glaubensgewissheit von ihm vermittelt bekommen wollten, die er selbst schon lange nicht mehr besaß. Der einzige Unterschied zwischen ihm und diesen armen Irren war, dass er sich nicht einmal mehr danach sehnte. Er wollte nur seine Ruhe haben.

Verlangte er etwa zu viel?

Und jetzt dieser Schlamassel. Es gab wohl keine Rettung für ihn, über kurz oder lang würden sie herausfinden, wo er am Dienstag gewesen war und was er in Wahrheit getrieben hatte. In seiner Gemeinde konnte er sich danach nicht mehr blicken lassen. Bei der bloßen Vorstellung, was für einen Spießrutenlauf das gäbe, zog sich sein Magen zusammen. Dieselben Leute, die ihm jetzt, wenn schon nicht mit Ehrfurcht oder Bewunderung – die sparten sie sich auf für Ute –, so doch zumindest höflich und respektvoll begegneten, würden mit dem Finger auf ihn zeigen – und hinter seinem Rücken über ihn lachen. Und zwar alle ohne Ausnahme und schon sehr bald.

Zum ersten Mal in seinem Leben haderte Christian nicht mehr mit der Tatsache, dass Ute und er keine Kinder hatten. Es war wohl – nein, nicht gut –, aber besser so, wie es war. Wie hätte er seinem Sohn, seinen Söhnen gar, je wieder in die Augen blicken können?

Und wie sollte er sich verhalten, wenn dieser Lemaitre im Hotel aufkreuzte? Hatte es etwas zu bedeuten oder war es reine Routine, dass der Kommissar seinen Besuch für den Nachmittag angedroht hatte? Sollte er die Flucht nach vorn antreten oder war es besser, die Situation auszureizen und so lange es ging einfach auf stur zu schalten? Bestand eine realistische Chance, dass sie ihn gar nicht weiter mit lästigen Fragen behelligten? Es lag doch auf der Hand, dass hier nicht von einer Beziehungstat ausgegangen werden konnte. Die Regel, dass der Täter in 99 Prozent aller Fälle im privaten Umkreis des Opfers zu finden war, würde hier wohl ausnahmsweise keine Anwendung finden: Ute hatte sich unter den radikalen Fundamentalisten jeglicher Couleur und Konfession viele Feinde gemacht. Ohne jeden Zweifel musste dies als Verbrechen mit politischem Hintergrund betrachtet werden.

Dennoch war es sicher nicht verkehrt gewesen, dass er auch den Namen von Utes ehemaligem Verlobten ins Spiel gebracht hatte. Schließlich hatte sie diesen Hamid Samadzadeh erst vor kurzem im Internet wiedergefunden und sich sogar auf Facebook mit ihm befreundet. Was für ein Kommunikationsjunkie war Ute doch gewesen! Eine Närrin! Und wer weiß, was solch eine Wiederbegegnung, und sei sie auch zunächst rein virtueller Natur gewesen, in jemandem anrichten konnte, der psychisch nicht ganz gefestigt war? Es konnte sich schon mal eine alte Kränkung, ein alter Groll über viele Jahre verkapseln, um dann plötzlich und unvermittelt aufzubrechen, zu einem Zeitpunkt, an einer Stelle, wo niemand so etwas vermutet hätte. Bekanntlich reichte mitunter ein nichtiger Anlass aus, um unvorstellbare Dinge zu triggern.

Das Zimmertelefon auf dem Nachttisch an Utes Seite des Bettes klingelte. Kurz überlegte Christian, den Anruf nicht entgegenzunehmen, aber es hatte keinen Sinn, früher oder später würde er sich all dem Unangenehmen, das auf ihn zukam, doch stellen müssen. Er raffte sich auf und langte quer über das Bett nach dem Hörer.

„Sperling."

Es war die Rezeption. „Bitte vielmals um Entschuldigung, Herr Tauber-Sperling, aber Sie haben Besuch. Ein Herr … Moment", er hörte gedämpftes Gemurmel, offenbar hielt die Frau ihre Hand über den Hörer, „ein Herr Friedemann. Er sagt, es sei dringend."

Christian ärgerte sich. „Ich habe alle Pressetermine abgesagt, das wissen Sie doch."

„Er sagt, es sei privat, und er kennt Sie."

„Auch von Beileidsbesuchen bitte ich abzusehen. Richten Sie ihm das aus und sagen Sie es bitte auch Ihren Kollegen."

„Natürlich, Herr … Entschuldigen Sie vielmals."

Er knallte das Telefon in den Halter und sackte ermattet zurück in die Kissen. Eine Unverschämtheit, wie sich die

Leute das Vertrauen dieser jungen Mitarbeiter erschlichen! Eine Schweizerin offenbar, der Stimme nach blutjung. Ein bemitleidenswert dummes Geschöpf, vielleicht noch nicht mal eine Auszubildende, sondern eine Praktikantin.

Das Telefon schrillte erneut. „Ja, bitte!"

„Hier ist noch mal die Rezeption. Entschuldigen Sie, Herr Tauber-Sperling, aber Herr Friedemann sagt, dass er mit Ihnen … Moment, wie war das noch mal?" Wieder gedämpftes Gemurmel auf der anderen Seite, die Kleine fragte sogar noch ein zweites Mal nach, musste sich anscheinend vergewissern, ob sie alles richtig verstanden hatte. Wenn sie wenigstens das ewige „Tauber" bei der Anrede weglassen würde!

Endlich meldete sie sich erneut. „Ja, also, er sagt, dass er mit Ihnen über Schuld und Sühne reden möchte."

Damit hatte Christian so ziemlich als Letztes gerechnet. Er schwieg verblüfft. Beinahe hätte er nachgegeben und „Also gut, schicken Sie ihn rauf!" gesagt. Im letzten Moment besann er sich eines Besseren. „Sagen Sie ihm, er soll in der Lobby auf mich warten. Ich komme runter. Bin gleich da."

Friedemann … Friedemann? Christian erinnerte sich nicht, jemals jemanden mit diesem Namen gekannt zu haben. *Der kleine Herr Friedemann*. War das nicht eine Novelle von Thomas Mann? Würde jemand sein Kind nach dieser Geschichte benennen? Er hatte komplett vergessen, worum es darin ging.

Ein Herr Friedemann, der über Schuld und Sühne sprechen wollte, das klang nach einem schlechten Scherz. Aber letztlich war es egal. Dass er im falschen Film gelandet war, wusste Christian ja schon vorher. Vielleicht aber ließ sich wenigstens am Drehbuch noch etwas ändern?

13.

Christian Sperling hatte ihn auf Anhieb erkannt, dessen war Friedemann sich vollkommen sicher, auch wenn dieser Feigling sich alle Mühe gab, durch ihn hindurchzuschauen, und sich scheinbar suchend in der Lobby umsah. Ein vergeblicher Versuch, denn außer Friedemann saßen nur noch zwei Frauen in dem kleinen Bistro, das am hinteren Ende der Hotelhalle lag. Keine der beiden sah so aus, als würde sie auf die Anrede „Herr Friedemann“ hören. Er stand auf und ging dem anderen einen Schritt entgegen.

„Christian Sperling! Du bist es wirklich. Entschuldige, wenn ich dich so unangemeldet überfalle. Ich darf beim Heidelberger Du bleiben? Carl Friedemann, du erinnerst dich? Ich wünschte, unser Wiedersehen würde unter freundlicheren Umständen geschehen.“

Er ergriff Christian Sperlings Hände und hielt sie fest zwischen seinen. „Mein Beileid, alter Freund.“

Die Anrede entsprach zwar nicht ganz dem Grad ihrer Vertrautheit in früheren Zeiten, aber Friedemann hatte beschlossen, die Erinnerung in dieser Hinsicht etwas aufzupolieren. Vermutlich war Sperling momentan in einem derartigen Schockzustand, dass er nicht die Kraft hatte zu opponieren.

Christian Sperling entzog ihm die Hände und wies auf den runden Tisch, den Friedemann bereits belegt hatte. Er hatte ihn ausgesucht, weil er sich in weitestmöglicher Entfernung von den beiden Frauen befand.

„Setzen wir uns doch“, sagte Sperling. „Ich muss gestehen, dass ich im Moment nicht weiß, woher wir … wer Sie …“ Er brach ab und ließ sich in den Sessel sinken, ohne seinen Satz zu vollenden.

„Schönes Hotel“, sagte Friedemann, während er Platz nahm. „Soll ja das beste in ganz Deutschland sein. Das sechstbeste der Welt angeblich.“

Manchmal half Smalltalk in Krisensituationen. Unverbindliches Geplänkel erdete die Leute, indem es Normalität vortäuschte.

„Was soll das“, sagte Christian Tauber-Sperling. „Sie haben mich doch nicht aufgesucht, um mir das Hotel anzupreisen. Ich komme gerade aus der Rechtsmedizin, wissen Sie, meine Frau ist ermordet worden."

Und manchmal half Smalltalk in Krisensituationen definitiv nicht weiter. Friedemann griff in seine Umhängetasche und zog das verbotene Buch daraus hervor. Er hatte es in ein blaukariertes Küchentuch eingeschlagen und wickelte es vorsichtig aus. Dann legte er es vor Christian Sperling auf den Tisch. „Du erinnerst dich an Cornelia Rühling", sagte er.

„Nicht, dass ich wüsste", erklärte sein Gegenüber. „Nein, ich erinnere mich an niemanden, der oder die so hieß. Und wer Sie sind, weiß ich auch nicht."

„Heidelberg, anno 1978", half Friedemann ihm auf die Sprünge. „Theologisches Studienhaus. Ich war Kontaktpfarrer damals. Und du ein, wenn ich das mal so sagen darf, recht vigilantes Bürschchen."

„Heidelberg?" Christian Tauber-Sperling tat, als habe er Mühe, sich auch nur an den Namen der Stadt zu erinnern.

„Erzähl mir nicht, du hättest ein Mädchen, mit dem du mal gegangen bist, vergessen. So viele dürften es seitdem nicht gewesen sein. Überdies war Cornelia Rühling die attraktivste junge Frau im ganzen Wohnheim. Entschuldigung, abgesehen von Ute natürlich."

„Cornelia …" Sperling tat, als würde er überlegen.

Ein schlechter Schauspieler, dieser taube Sperling, ein ganz schlechter Schauspieler.

„Ach Connie", der schlechte Schauspieler schlug sich mit der Hand vor die Stirn. „Natürlich!"

„Sie hat sich suizidiert. 1979. Dies ist ihr Tagebuch."

„Sich sui… Du meinst, Selbstmord begangen?"

„Tu nicht so, als ob du nicht davon gehört hättest."

„Ach ja", sagte Sperling. „Stimmt, diese traurige Geschichte. Ich hab davon gehört. Wir waren damals schon nach Göttingen gezogen, ich meine, Ute und ich."

„Und kurz darauf gab es einen Bergrutsch und das Studienhaus an der Neuenheimer Landstraße musste geschlossen werden. Es mag in deinen Ohren seltsam klingen, aber ich habe immer einen Zusammenhang zwischen beiden Ereignissen gesehen."

„Tut mir leid, aber da kann ich Ihnen nicht folgen." Sperling winkte den Ober herbei. „Bringen Sie mir ein Kännchen Tee. English Breakfast."

„Für mich ein kleines Bier", sagte Friedemann. Er legte beide Hände beschwörend auf das Buch, als handle es sich um eine Bibel, auf die er einen Eid leisten wollte. „Das Haus wankte. Gott bestrafte seine Bewohner dafür, wie sie mit einer der Ihren verfuhren. Wir alle haben uns an Cornelia Rühling schwer versündigt."

Sperling verzog den Mund zu einer Grimasse. „Das scheint mir eine recht abenteuerliche These zu sein. Sind Sie Alttestamentler?"

„Sie wurde gemobbt", sagte Friedemann. „Daran solltest gerade du dich erinnern. Wir kannten zwar das Wort damals noch nicht. Aber die Sache an sich hat es sehr wohl schon gegeben."

„Hören Sie, meine Frau wurde heute früh ermordet aufgefunden, unter grausamen Umständen, und Sie kommen hierher, um mit mir über alte Kam…", Christian Sperling räusperte sich, „alte Geschichten zu sprechen. Dafür ist jetzt wirklich nicht der richtige Zeitpunkt."

„Es ist nie der richtige Zeitpunkt", erwiderte Friedemann. „Ich wollte mich gestern mit Ute treffen und ihr dies hier zeigen." Er klopfte auf den Einband. Noch immer lag das Buch ungeöffnet da. „Leider ist es zu dieser Begegnung nicht gekommen. Ich hatte ihr auch geschrieben, die Briefe findest du vielleicht in ihren Sachen. Deine Ute war nicht unschuldig an Cornelias Tod. Im Gegenteil, man könnte sie sogar als die treibende Kraft bezeichnen."

„Nun machen Sie aber mal halblang. So traurig und unnütz

dieser Tod sicherlich war … So traurig und unnütz ein solcher Tod immer ist, ganz egal, um wen es sich handelt … Der Tod eines jeden jungen Menschen ist ja eine schreckliche Verschwendung … Aber nur, weil ich mich von Cornelia getrennt und für Ute entschieden habe, heißt das doch noch lange nicht …“

„Ute Tauber hat Cornelia Rühling nach allen Regeln der Kunst gemobbt, ich nehme an, um dich ihr auszuspannen. Und du hast nicht zu Cornelia gehalten, sondern dich feige und opportunistisch auf die Seite der Stärkeren geschlagen und das arme Mädchen, deine damalige Freundin, ihren Feinden zum Fraß vorgeworfen.“

„Nun hören Sie auf! Sie reden über Dinge, von denen Sie keine Ahnung haben. Connie hat mich nach Strich und Faden betrogen. Warum sollte ich mir so etwas bieten lassen? Das Flittchen vom Fachbereich, so wurde sie genannt.“

„Ja, aber wer nannte sie so? Deine Ute!“ Friedemann nahm die Brille ab und rieb sich die Augen, bevor er Christian Sperling direkt anguckte. „War *sie* dir wenigstens treu?“

Sperling hielt seinem Blick stand. „Auf ihre Art, ja. Und was bedeutet letztlich sexuelle Treue?“ Er lächelte wehmütig. „Ich denke, es gibt solche und solche Menschen. Bei Männern soll man sogar an der Größe der Hoden ablesen können, ob unsereiner zu sexueller Treue neigt – beziehungsweise taugt – oder nicht. Und wer weiß, welche anatomischen Zusammenhänge die Wissenschaftler eines Tages bei den Frauen feststellen werden.“

„Also nicht treu“, resümierte Friedemann. „Seitensprünge, Affären. Und du hast brav den Trottel gegeben und gute Miene zu allem gemacht.“

Sperling wollte etwas erwidern, aber der Kellner kam mit einem Tablett und stellte eine Tasse und ein Kännchen Tee vor ihm auf den Tisch.

„Ute deckte für mich alles ab, und das war, wenn ich ehrlich bin, schon anstrengend genug“, sagte Sperling, sobald der Mann außer Hörweite war. „Umgekehrt scheint ihr bei mir immer etwas gefehlt zu haben. Aus irgendeinem Grund gerate ich immer an die lebenslustigere Sorte von Frauen.“

„Ich denke, auch unter den Treuen wird man lebenslustige finden“, erwiderte Friedemann. Der Satz klang gut, aber während er ihn aussprach, überlegte er gleichzeitig, ob man Gisela wohl als lebenslustig hätte bezeichnen können. „Übrigens glaube ich nicht, dass Cornelia besonders lebenslustig war. Schließlich hat sie sich das Leben genommen.“

Er setzte seine Brille wieder auf, beide schwiegen. Christian Sperling rührte in seiner Teetasse, Friedemann nippte am Bier. „Und deshalb bin ich gekommen“, sagte er nach einer Weile. „Ich habe viele Jahre als Notfallseelsorger gearbeitet. Konnte so einige Suizide im Laufe meines Berufslebens verhindern. Nur diesen einen, der mich ganz persönlich anging, den nicht. Auch ich fühle mich schuldig.“

Sperling nickte. Er griff nach dem Tagebuch, öffnete es aber nicht, sondern streichelte gedankenverloren über den Einband. Die ehemals schrillen Farben – Violett, Grün und Pink – im Stil der siebziger Jahre waren verblasst, nur die Gold- und Silberfäden, die darein gewirkt waren, hatten ihre Leuchtkraft noch nicht verloren. Für Friedemann hatte das Büchlein trotz der bunten Anmutung stets eine düstere Aura besessen, in die sich in diesem Moment allerdings ein kleines Glitzern mischte, das Versöhnung verhieß. Aber vermutlich war es nur der Lichtstrahl des Halogenscheinwerfers über ihrem Tisch, der diese Wirkung hervorrief; er musste sich vor Sentimentalität hüten.

Christian Sperling schien ähnlich zu empfinden. „Ich erinnere mich an dieses Buch“, sagte er. „Vielmehr diese Sorte Bücher.“ Seine Stimme klang belegt. „Gab es in diesen Teeläden zu kaufen, in denen es nach Räucherstäbchen und Mottenkugeln roch und wo sich bunte chinesische Schläppchen aus Satin und billige Baumwollschals neben verstaubten Buddha-Figuren und Fahrradglocken stapelten.“

„Vergiss die Mao-Bibeln nicht“, sagte Friedemann.

Sperling grinste gequält. „Ach, ja, die Mao-Bibeln.“

„Du warst im KBW“, erinnerte sich Friedemann.

„Wer war das nicht“, wiegelte Sperling ab.

„Ich zum Beispiel. Kommunistischer Bund Westdeutschland, wenn ich das schon höre! Da sträuben sich mir immer noch die Nackenhaare. Wie ihr das Kunststück fertiggebracht habt, gleichzeitig an Gott und an Mao zu glauben …“

„Wir glaubten nicht an Gott“, sagte Sperling leise. „Wir wollten die Welt verändern. Die Gesellschaft. Die Kirche revolutionieren. Den Gottesstaat auf Erden errichten, wenn du so willst.“

„Nein, danke, da unterscheiden wir uns, das wollte ich nie. Gottesstaat und Polizeiterror waren für mich auch damals schon Synonyme. Und dazu passte das Mobbing im Studentenheim.“

„Offenbar gefallen Sie sich in der Rolle eines Racheengels.“ Sperlings Ton war ins Schroffe gekippt. „Freilich reicht es nur zu einem bescheidenen Moralapostel.“

Die sentimentale Stimmung war verflogen, plötzlich herrschte eine aggressive Spannung zwischen ihnen. Am liebsten hätte Friedemann sein Gegenüber am Kragen gepackt und diesen Sperling geschüttelt oder besser noch ihm einen Kinnhaken verpasst, aber es gelang ihm, sich zu beherrschen und nicht auf die Provokation einzugehen. Die eigentlichen Moralapostel waren doch die Tauber-Sperlings gewesen. Er beschloss, auch Christian Sperlings hartnäckiges Siezen weiterhin zu ignorieren. „Und wie ist es jetzt?“, fragte er. „Glaubst du jetzt an Gott?“

„Jetzt glaube ich nicht mehr an Mao.“

„Nein, mit den Parolen von damals wird man auch kein Bestsellerautor. Ihr wart doch immer Opportunisten.“

Sperling legte Cornelias Buch auf den Tisch und schob es mit spitzen Fingern zu Friedemann hinüber.

„Ute war nie eine Tagebuchschreiberin."

„Sei froh. Wer weiß, was du sonst jetzt alles über dich darin lesen könntest."

„Im Unterschied zu Ihnen bin ich nicht der Typ, der dazu neigt, in fremden Tagebüchern zu schnüffeln." Sperling goss sich Tee nach und Friedemann bemerkte, dass seine Hände zitterten. „Egal, was hier drin über Ute oder irgendjemanden steht", fuhr Sperling fort, „Ute ist tot, die alten Zeiten vergangen. Jetzt ist nicht der Moment, um alte Geschichten aufzuwärmen. Es ist der Moment, um zu trauern."

„Hat denn einer von uns je um Cornelia getrauert? Hast du um deine Connie getrauert? Hat Ute …?"

„Connie ist lange tot. Lass die Toten ihre Toten begraben."

„Das musste ja kommen", sagte Friedemann. „Dafür, dass hier zwei Theologen zusammensitzen, haben wir uns ganz schön lange Zeit gelassen. Ich könnte dir jetzt einen passenden Gegenspruch zitieren, aber ich weiß mich zu beherrschen."

„Bitte seien Sie so gut."

Friedemann winkte dem Ober, um zu bezahlen, aber Christian Sperling hielt ihn ab. „Lassen Sie, ich übernehme das schon."

Gern hätte Friedemann noch sein Bierglas geleert, aber da Sperling sich erhob, blieb ihm nichts anderes übrig, als es ihm gleichzutun und auf den letzten Schluck zu verzichten. Er wusste schon jetzt, dass er ihm in der kommenden Stunde nachtrauern würde.

„Nichts für ungut", sagte Sperling. „War trotzdem nett, dass Sie da waren. Ist vielleicht gar nicht so verkehrt, bisschen Abwechslung von dem Schock und so weiter."

Friedemann verabschiedete sich fluchtartig. Diese Begegnung war ein Fehler gewesen, ein weiterer untauglicher Versuch, von sich selbst abzulenken und sich um das, was er eigentlich machen musste, zu drücken.

Immer noch mogelte er sich um seine eigene Schuld herum. Er hasste sich selber dafür, und so trat er auf der Rückfahrt dermaßen heftig in die Pedale, dass er im Eiltempo vom Rödingsmarkt quer durch die Hamburger Innenstadt hinüber zur Alster gelangte. Er hatte schon fast die Mundsburger Brücke erreicht, als er feststellte, dass er Cornelias Tagebuch auf dem Bistrotisch in der Hotellobby hatte liegen lassen. Ein klassischer Fall für Freud, dachte Friedemann. Sein zweiter Gedanke galt Christian Sperling. Was würde dieser Feigling jetzt mit seinem Beweisstück anfangen?

Das ganze Wochenende hab ich hin und her überlegt, ob ich C. offenbaren soll, daß ich ein Kind erwarte. Konnte noch zu keinem Entschluß gelangen. Nachdem Utepute mich so verächtlich abgestempelt hat, wird er mir vielleicht gar nicht glauben, wenn ich ihm sage, daß er der Vater ist. „Das Flittchen vom Fachbereich", so hat sie mich vor Zeugen genannt. Und alle haben sich ausgeschüttet vor Lachen. Okay, ich bin Christian nicht hundertprozentig treu gewesen – weiß auch nicht, wie das passieren konnte. Ich brauchte wohl ein bißchen Trost, sehnte mich nach menschlicher Nähe. Und ihm ist es, glaube ich, ähnlich gegangen. Ich bilde mir ja gar nicht ein, daß er in mich verliebt wäre oder so was. Er soll weiter sein Leben leben, und ich lebe meins. Oder vielleicht auch nicht.

Habe wieder lange auf der Brücke gestanden, später dann am Ufer gesessen. Aber wenn ich jetzt springe, werde ich zur Mörderin. Mein Bauch gehört mir? Eben nicht. Ich trage Verantwortung für das, was da in mir entsteht. Ach, der Neckar fließt schon so lang, er wird auch noch weiter fließen. Bis zum Sommer muß er noch warten auf mich.

14. Christian Sperling war gerade dabei, dem Ober die unterschriebene Rechnung auszuhändigen, als er den Kriminalhauptkommissar an der Rezeption stehen sah. Ihre Blicke kreuzten sich. Geistesgegenwärtig beugte Christian sich vor, langte nach dem Küchentuch, das sein Besucher auf der Sessellehne zurückgelassen hatte, und schlug das Tagebuch darin ein. In der Zwischenzeit war Lemaitre zu ihm herangetreten. Ohne zu fragen, setzte sich der Kommissar auf den Platz, den Carl Friedemann gerade geräumt hatte.

„Das trifft sich gut“, eröffnete Lemaitre das Gespräch. „Meine Leute würden gern einen Blick in Ihr Zimmer werfen. Sie haben sicher nichts dagegen, oder?“

Erst jetzt sah Christian die Männer, die bei den Fahrstühlen neben dem Eingang warteten und sich auf einen Wink des Kommissars hin in Bewegung setzten.

„Trinken wir doch einen Espresso solange“, sagte Lemaitre und gab auch dem Ober ein Zeichen.

Christian neidete dem Mann seine Selbstsicherheit. So einer hätte sich von Ute nicht zum Trottel machen lassen, dachte er. Der sagte, wo es langging, und fackelte nicht lange herum. So einer trug eine Dienstwaffe unter seinem Jackett, und wer nicht parierte, wurde erschossen.

Zum zweiten Mal an diesem Tag überkam ihn der Drang zu einem hysterischen Lachen. Dieses Mal bekam er es nicht sofort in den Griff.

Der Kommissar wartete ab, bis Christian sich wieder beruhigt hatte.

„Ein berufliches Treffen?“, fragte er. „Oder ein Beileidsbesuch?“

„Nur ein Kollege.“ Christian konnte nicht verhindern, dass er stotterte. „Und ist dies ein Verhör oder echte Anteilnahme?“, schob er nach kurzer Pause hinterher.

Zu seiner Überraschung gab Lemaitre eine Antwort auf die Frage. „Auch in meinem Beruf schließt das eine das andere nicht aus“, sagte er. „In Ihrem ist es sicher nicht viel anders, oder? Was nützte uns die ganze Professionalität ohne echte Anteilnahme?“

Und hätte der Liebe nicht …, dachte Christian, und: Ich bin nichts als ein tönendes Erz …

„Wir haben Ihren Freund Samadzadeh überprüft“, sagte Lemaitre. „Er befindet sich derzeit auf einem Kongress in den USA …“

„Er ist nicht mein Freund“, fiel Christian ihm ins Wort.

„Nein“, sagte der Kommissar. „Sie mögen ihn nicht. Sie würden aber nicht so weit gehen, ihn zu beschuldigen, dass er einen Auftragsmörder auf Ihre Frau angesetzt haben könnte?“

„Es war nur so ein Einfall“, sagte Christian. „Eine Ideenassoziation. Wegen der … der …“

Er wollte sich anlehnen, spürte aber das Buch in seinem Rücken und schreckte unwillkürlich zurück.

„Noch ein Einfall?“, fragte Lemaitre.

Für einen Moment stellte Christian sich vor, wie es wohl wäre, diesen arroganten Burschen zu erschießen. Sich auf ihn stürzen, ihm seine Dienstwaffe entwenden, ein Blutbad hier an Ort und Stelle in der Lobby anrichten. Und anschließend die Waffe gegen sich selber richten … Er schüttelte sich.

„Verstehe“, sagte sein Gegenüber.

Es pochte hinter Christians Schläfen. Die Kopfschmerzen, die ihn schon seit Dienstag quälten und im Laufe des Tages ein wenig nachgelassen hatten, meldeten sich zurück. Dass Lemaitre ihn beobachtete, trug nicht gerade zu seiner Entspannung bei. Ob der Kommissar ihm seine Gedanken ansah? Mit den drei mittleren Fingern jeder Hand massierte er sich die Schläfen, dann fiel ihm ein, dass er damit den Abdeckstift verwischen könnte, den er in Utes Reisenecessaire gefunden hatte. Aber vielleicht hatte er ja Glück und der Kommissar hielt die kleinen roten Stellen für Mückenstiche.

„Kopfweh?“, fragte der Kommissar. „Sieht man Ihnen

nicht an. Überhaupt …“ Christian fing einen lauernden Blick von ihm auf und schaute zu Boden. „… überhaupt wirken Sie in Anbetracht der Umstände bemerkenswert frisch, wenn Sie mir die Bemerkung erlauben.“

Ein frisch gebackener Witwer, schoss es Christian durch den Kopf. Wieder wollte das Lachen in ihm aufsteigen. Er schloss die Augen und zwang sich, von siebenundzwanzig an rückwärts zu zählen. Er war bei neunzehn angelangt, als Lemaitre ihn erlöste.

„Würden Sie Ihre Ehe als glücklich bezeichnen, Herr Sperling?“

„Das haben Sie mich doch schon heute Morgen gefragt.“

„Und Sie haben mir schon heute Morgen keine Antwort gegeben.“

Sicher erwartete dieser Kommissar keine allzu großen Liebesgeständnisse im Hinblick auf Ute. Aber es konnte nicht schaden, ihm trotzdem etwas zum Knabbern mit auf den Weg zu geben. „Wissen Sie, wir sind … Ich meine, wir waren … Wie Sie wissen, bin ich Theologe. Wo einst Eros regierte, gewinnt am Ende Agape die Oberhand. Vielleicht habe ich das etwas eher begriffen als Ute, ich bin ja auch etwas älter, aber auch sie hätte es über kurz oder lang akzeptiert. Auf dieser Basis funktionierte unsere Ehe sehr gut und auf jeden Fall viel besser, als die meisten Ehen.“

Das hatte gesessen.

„Mit Agathe?“, hakte Lemaitre nach. „Sie lebten in einer Ménage à trois?“ Etwas Lüsternes war in seinem Blick, als ob er sich gerade fragte, wer von beiden, Christian oder Ute, es mit dieser Agathe getrieben hätte.

Christian war einen Moment verwirrt, dann begriff er das Missverständnis. „Agape“, wiederholte er, wobei er das P mit solcher Kraft betonte, dass er eine Salve Spucke versprühte. „Das ist griechisch und bedeutet Liebe, nicht im sexuellen Sinn, sondern die reine, göttliche Liebe, bedingungslos und interesselos, im Unterschied zur triebhaft zielgerichteten erotischen Liebe. Das lateinische Wort wäre Caritas – im Unterschied zu Amor."

Lemaitre hob entschuldigend die Hände. „Verstehe", wiederholte er. „Entschuldigung, ich hatte kein Griechisch auf der Schule."

„Gar nichts verstehen Sie! Wer das Wesen der Agape begriffen hat, hat keine Scheidung nötig. Und schon gar nicht muss er seine Frau ermorden."

„Ach, ich verstehe schon, was es bedeutet, wenn Eros seine Pfeile verschossen hat, Herr Tauber-Sperling", sagte Lemaitre.

Christian schluckte. Nur nicht provozieren lassen, dachte er. „Übrigens wurde Eros erst im Hellenismus mit Pfeil und Bogen dargestellt", sagte er schließlich, obwohl er es selbst albern fand, jetzt mit diesem Wissen zu punkten. „In der griechischen Klassik waren seine Attribute Peitsche, Netz und Sandale …"

Er hätte seinen Vortrag noch fortgesetzt, aber einer der Kripobeamten, die Lemaitre begleitet hatten, trat an ihren Tisch und rettete den Kommissar vor weiteren Belehrungen. In der Hand trug der Mann einen kleinen Plastikbeutel, in dem sich ein Gläschen Instant-Gemüsebrühe aus dem Reformhaus befand. Christian erkannte die Marke; sie hatten tatsächlich den kleinen Vorrat aus seinem Zimmer requiriert. Diese Idioten!

„Wir wären dann soweit, Chef."

Lemaitre erhob sich und reichte Christian die Hand. „Danke für die Auskunft, Herr Sperling. Wir setzen das Gespräch ein andermal fort."

Christian konnte schlecht sitzen bleiben. Jetzt wird er gleich „Bitte halten Sie sich zu unserer Verfügung" sagen, dachte er, während er ebenfalls aufstand.

Aber Lemaitre war schon im Gespräch mit seinem Mitarbeiter und hatte sich abgewandt.

15. robin@googlemail.com

„Was liest du da?"

„Lass mich in Ruhe."

„Das ist keine Antwort auf meine Frage."

robin@googlemail.com

Cori ist total durch den Wind. Ist sie im Grunde schon seit längerer Zeit, ich nehme an, seit ihre Tante an Krebs erkrankte. Klar, so was gehört sich auch nicht: eine Tante, die sich dir als deine Mutter verkauft, sodass du jahrelang keinen Grund hast, daran zu zweifeln, dass sie deine Mami sei. Solche Lügengeschichte hätte auch ich bei dieser Frau nicht für möglich gehalten. Ich habe sie ja noch knapp kennengelernt. Da war sie schon vom Tod gezeichnet, aber trotzdem eine unangenehme Person mit ihrem strengen Blick und den schmalen Lippen.

„Franziska, aber du kannst mich Franzi nennen. Ich bin Coris Mutter." So hat sie sich mir damals vorgestellt, mit leiser und irgendwie vorwurfsvoll klingender Stimme. Und damit muss man als Kind dann erst mal fertig werden. Du liebst jemanden wie eine Mutter, du hasst sie, wie du nur deine Mutter hassen kannst, du rebellierst gegen sie und machst dir Sorgen, als sie an Brustkrebs erkrankt. Und dann, zwei Tage vor ihrem Tod, verspürt sie plötzlich ein Bedürfnis nach Wahrheit. Nach Wahrhaftigkeit und Absolution. Und sie bestellt dich an ihr Sterbebett und klärt dich auf, Ätschi-bätschi:

„Es ist alles ganz anders, als du denkst, Dummerchen. Deine leibliche Mutter hat sich, als du ein Baby warst, das Leben genommen, und ich bin bloß deine Tante. Eigentlich bin ich gar nicht zuständig für dich. Deinetwegen musste ich auf mein eigenes Leben verzichten, und nun habe ich Krebs. Eine schöne Scheiße, die du mir eingebrockt hast, aber nimm es dir nicht zu Herzen. Du erbst ja mein Haus. Nur mach endlich etwas aus deinem Leben. Hier sind noch ein paar Briefe, die deine Mutter als junge Frau an mich schrieb. Da kannst du mal sehen, wie sie so drauf war, mein Schwesterlein, dies traurige Menschenkind. Wollen wir hoffen, dass du ihre Veranlagung nicht geerbt hast. Aber vielleicht war ihre Depression ja gar nicht genetisch bedingt. Ach, übrigens noch was, Corinna, lass dich nicht mit Robin ein, hörst du? Robin taugt nicht für dich."

Ich meine, da würden viele Menschen die Krise kriegen, auch wesentlich stärkere Naturen als meine Cori. Nicht jeder ist ja so abgehärtet wie ich. Das war total traumatisch für sie. Immerhin hat sie, was mich angeht, echte Größe bewiesen und nicht auf die Warnung ihrer Tante gehört. Nur diese Geschichte jetzt mit der toten Frau auf dem Sofa, das ist zu viel. Das packt sie noch nicht. Und dummerweise hat sie die Briefe gefunden, die ich nach Franzis Tod erst mal zur Seite geschafft hatte. Hätte ich die Papiere doch vernichtet, statt sie nur im Schrank zu verstecken! Aber ich wollte sie ja für meinen Roman verwenden und hab nicht damit gerechnet, dass Cori nach ihnen sucht. Und den ganzen Mist dann auch noch findet.

robin@googlemail.com

„Und, steht was Interessantes drin in diesen Briefen?"

„Absolut! Stell dir vor, hier ist andauernd die Rede von Utepute. Es scheint, als hätte diese Frau zu den Mobbern gehört. Und ich dachte …"

„Zeig mal her!"

„Moment. Hör mal zu. Das ist einfach unfassbar!

Liebe Franzi! Ich glaube, ich habe eine Freundin gefunden. Ute ist wirklich nett. Wir teilen die gleichen Vorlieben und Interessen, mit ihr kann ich endlich über etwas anderes als ewig nur die Weltrevolution sprechen und die armen unschuldigen

Terroristen. (Vorgestern stauchte mich Dietmar – ich habe dir, glaube ich, schon mal von ihm geschrieben – beim Mittagessen zusammen, weil ich von den Selbstmorden in Stammheim und der Baader-Meinhoff-Bande gesprochen hatte. Ich sei eine reaktionäre Tussi, genau die Sorte Bürgerstochter, mit der sie bei der Revolution als erstes kurzen Prozess machen würden. Das seien keine Selbstmorde, sondern Morde gewesen, und das wären keine Terroristen und keine Bande, sondern Märtyrer und Freiheitskämpfer. Dieser Spinner!)

Allein schon, daß ich Jura studiere, ist für die Leute hier im Haus ein rotes Tuch. Beziehungsweise ein schwarzes: Herrschaftswissen ist noch der harmloseste Ausdruck dafür. Die Rechtswissenschaft sei gar keine Wissenschaft, sondern nur ein reaktionäres Instrumentarium, mit dem die herrschende Klasse ihre Interessen durchsetze. Nach der Revolution würden die Gesetze sowieso abgeschafft, weil es dann keine Verbrechen mehr gäbe. Kein Eigentum, keine Verbrechen. Denkst du, da ist etwas dran?

Ute sagte: ´Das glaubt er nur, weil er einen zu kleinen Schwanz hat!` Wie haben wir lachen müssen.

Ich habe ihr von meinen Gewichtsproblemen während meines Austauschjahres erzählt, und daß die Clique um Irmgard mich nach der Rückkehr aus Amerika nur noch den ´Donut` nannte. Sie konnte sich das gar nicht vorstellen, sagte, es sei sicher nur Neid gewesen, weil ich in Amerika war und die anderen nicht. Was du ja auch immer gesagt hast. Warum glaubt man eigentlich fremden Leuten manchmal eher als der eigenen Schwester? Jedenfalls tat es gut, sie sagen zu hören, wie toll ich aussehe, denn du weißt ja, wie verdammt hart es war, die zwanzig Kilo wieder abzunehmen, Gramm für Gramm. Sie sich anzufuttern ist mir leichter gefallen … Vier Kilo stehen noch aus. Aber Ute lobte mich und meinte, ich hätte alles prima im Griff. Ach Franzi, das tat so gut.

Sie studiert übrigens Theologie.

Soweit ein Brief vom 3. November 1977. Und jetzt lese ich dir einen vom 10. vor, also eine Woche später geschrieben:

Jemand hat in die Beschwerdekladde, in die wir unsere Reparaturwünsche u.ä. eintragen können, in großen Druckbuchstaben geschrieben: ´Cornelia ist etwas zu dick.` Darüber steht: ´Im 2. Stock im Flur ist die Glühbirne kaputt`, darunter: ´Welcher Arsch hat schon wieder die Frankfurter Rundschau aus dem Fernsehzimmer geklaut?`

Und weiter geht´s am 11.:

Neuer Eintrag in der Beschwerdekladde. ´Connie Rühling sieht aus wie ein Donut.`

Ute muss irgendjemandem, dem sie vertraute, aus Versehen etwas weitererzählt haben. Auch da sind wir uns offenbar ähnlich. Wir sind nicht misstrauisch genug, glauben an das Gute im Menschen."

„Dann hatten sich ja die beiden Richtigen gefunden."

„Von wegen. Pass auf:

14. November 77. Als ich in den Speisesaal kam, saß Ute schon mit ein paar Leuten beim Abendbrot. Sie schien ihnen etwas Witziges zu erzählen, alle lachten, aber als sie mich sahen, verstummten sie. Als ob sie gerade über mich gesprochen hätten. Aber das bilde ich mir sicher nur ein.

Leider nein, muss man sagen. Am 15. heißt es nämlich:

Weitere Einträge in der Beschwerdekladde. Zwei Seiten nur über mich. ´Connie hat Gewichtsprobleme!` – ´Connie ist zu fett!` – ´Vorsicht C: Nicht heiß, aber fettig!` – ´Haha, und die Haare erst!` – Und so weiter. Ich verstehe das alles nicht,

Franzi. Ich verstehe es nicht. Ja, natürlich, ich weiß, ich habe immer noch etwas Übergewicht. Aber fett bin ich doch eigentlich nicht, oder? Jetzt nicht mehr, meine ich. Wer kann mir nur so wehtun wollen? Und warum, was habe ich ihnen getan? Und wie soll ich gute Miene zum bösen Spiel machen, Franzi? Es sei alles nicht ernst gemeint, schreibst du. Aber wie ist es dann gemeint??? Nicht wahr, das kannst du mir auch nicht erklären!

Was sagst du dazu, Robin? Diese arme Frau, mein Gott, eigentlich ja noch ein junges Mädchen. Und das ist meine Mutter! Aber jetzt kommt erst der Knüller, Robin:

Liebe Franzi! Ich weiß jetzt, daß Ute Tauber hinter den Einträgen steckt. Seit einiger Zeit hatte ich sie schon im Verdacht und vermutete, daß sie die Urheberin sein könnte, auch wenn sie ihre Handschrift verstellt. Natürlich habe ich es nicht wirklich für möglich gehalten, hoffte immer noch, daß ich mich irre. Aber vorhin habe ich sie auf frischer Tat ertappt, wie man so sagt, und sie machte nicht den geringsten Versuch, es abzustreiten. Geschweige denn, sich zu entschuldigen. ´Tut mir leid, aber deine Diätprobleme sind einfach reaktionär`, sagte sie. Dann hat sie sich umgedreht und mich einfach da stehen lassen. Jetzt wäre eigentlich Abendbrot – jetzt IST Abendbrot –, aber ich trau mich nicht aus dem Zimmer. Allein die Vorstellung, in den Speisesaal gehen zu müssen – unmöglich! Da unten sitzen sie jetzt beisammen und lästern und lachen mich aus. Bitte hilf mir, Franzi, ich weiß nicht mehr aus noch ein.

Ist das nicht furchtbar? Hätte ich das gewusst, Robin! Dann hätte ich diese Frau niemals zu uns eingeladen!“

„Schön, dass du ´uns` sagst, Cori, das gefällt mir. – Die Tauber hat es gewusst, als sie hierherkam.“

„Ich dachte, dass ich mit ihrer Hilfe etwas über meine Mutter herausfinden könnte."

„In gewisser Weise hast du das jetzt ja auch, Darling. Aber du hättest diese Briefe nicht lesen sollen. Nicht jetzt jedenfalls."

„Ein Rätsel ist aber immer noch, was die Frau bei uns wollte. Sie hätte ja auch nein sagen können, als du ihr geschrieben hast. Warum ist sie zu uns gekommen? Doch wohl nicht, um in deinen Armen zu sterben?"

„Ich weiß auch nicht. Seltsam."

„Ja, wirklich seltsam. Ich geh mal in den Keller und hol uns ein Fläschchen Wein."

Offenbar hatte die Tauber psychische Probleme, sie hatte dieses Medikament in der Jackentasche. Da fällt mir ein, ich wollte noch weiter im Internet recherchieren, was für Tropfen das genau sind.

16. *Noch keine heiße Spur bei Kirchentagsmord*

Hamburg. Im Fall der ermordeten Ute Tauber, deren Leiche von Teilnehmern des 34. Evangelischen Kirchentages heute Morgen an der Außenalster gefunden wurde, gibt es noch keine heiße Spur. Dies hat der Leiter der Sonderkommission Kirchentagsmord, Kriminalhauptkommissar Thomas Lemaitre, bei einer Pressekonferenz bestätigt. „Wir ermitteln in alle Richtungen", sagte Lemaitre auf Nachfrage des Hamburger Abendblatts. „Unser Hauptaugenmerk gilt einem etwaigen politischen Hintergrund und möglicherweise terroristischen Motiven. Aber auch eine Beziehungstat ist beim derzeitigen Stand der Ermittlungen nicht gänzlich auszuschließen.

Zusammen mit ihrem Ehemann, dem Theologen Christian Tauber-Sperling, verfasste Ute Tauber zahlreiche Ratgeberbücher und eroberte sich als „Päpstin der Herzen" eine große Fangemeinde. Sie wurde vermutlich zu Tode gesteinigt. Die Steinigung ist ein jahrtausendealtes Hinrichtungsverfahren, das heute nur mehr in einigen vom Islam geprägten Ländern praktiziert wird. In Hamburg leben derzeit rund 130.000 Muslime, die durch verschiedene islamische Verbände repräsentiert werden; hinzukommen die rund 50.000 Mitglieder der Alevitischen Gemeinde.

Im Alten Testament wurden mit Steinigung u.a. Götzendienst und Gotteslästerung, Sabbatbruch sowie auch Ehebruch geahndet. Dabei machte sich nicht nur die beteiligte Frau des Ehebruchs schuldig, sondern auch der in eine fremde Ehe eindringende Mann. Im Neuen Testament wird die Steinigung zwar erwähnt, aber als Lynchjustiz abgelehnt; der römische Statthalter beanspruchte das Monopol, Todesstrafen zu verhängen und zu exekutieren. Jesus von Nazareth, der eine Ehebrecherin vor der Steinigung rettete („Wer von euch ohne Sünde ist, werfe den ersten Stein"), war mehrfach selbst in Gefahr, vom aufgebrachten Mob spontan gesteinigt zu werden. Einer seiner frühen Anhänger, der Hl. Stephanus, wurde wegen Gotteslästerung gesteinigt und gilt als erster christlicher Märtyrer; an seiner Hinrichtung war insbesondere Saulus, der spätere Apostel Paulus, maßgeblich beteiligt.

Friedemann klappte den Deckel des Laptops zu. So viel geballte Information – aber nur zu Statistik und Religionsgeschichte! Offenbar tappten Lemaitre und seine Mannen bei ihrer Ermittlungsarbeit vollkommen im Dunkeln.

Päpstin der Herzen: Am liebsten hätte er laut aufgelacht. Den Journalisten fiel auch nichts Originelles mehr ein. Was wohl Utes Mann bei der Zeitungslektüre und solchen Formulierungen dachte, vorausgesetzt, er tat sich den Tort, sie zu lesen, überhaupt an? Sogar ein Foto von Christian Tauber-Sperling war neben dem Artikel zu finden. Es zeigte den Witwer im Gespräch mit einem Mann, dessen Gesicht zur Hälfte von einer Grünpflanze verdeckt war. Friedemann erkannte ihn nur, weil die Bildunterschrift ihn als Kriminalhauptkommissar Lemaitre, den Leiter der Soko Kirchentagsmord, auswies. Der Schnappschuss war in der Lobby des *Madison-Hotels* aufgenommen, und die beiden Männer saßen an demselben Tisch, an dem auch Friedemann mit Tauber-Sperling gesessen hatte. Wie gut, dass man nicht ihn heimlich fotografiert hatte! Wenngleich die Zeitung sein Foto wohl nicht hätte veröffentlichen dürfen. Im Unterschied zu Tauber-Sperling und dem Kommissar spielte er in diesem Fall ja keine Rolle in der Öffentlichkeit.

Der Witwer auf der Fotografie sah nicht so aus, als stünde er schwer unter Schock. Auch im persönlichen Gespräch hatte er nicht so gewirkt. Doch konnte der äußere Eindruck täuschen. Wenn man länger darüber nachdachte, was Friedemann jetzt tat, sah Christian Tauber-Sperling irgendwie seltsam aus, widersprüchlich auf eine schwer zu fassende Weise. Einerseits maskenhaft, wie versteinert, andererseits eigenartig beschwingt. Jugendlich geradezu. Die meisten Menschen alterten um Jahre, wenn sie trauerten, manch einer ergraute buchstäblich über Nacht. Wie alt war Christian Tauber-Sperling inzwischen? Anfang sechzig mochte er schon sein, er war damals ein höheres Semester gewesen. Hatte sich mit einer Dissertation abgemüht, mit der er nie fertig wurde. *The Unfinished Sympathy*. Jetzt aber konnte man ihn glatt für zehn Jahre jünger, als er war, halten. Etwas stimmte da nicht.

Friedemann griff nach dem Programmheft. Soweit kam es noch, dass er anfing, über das Alter anderer Leute nachzudenken. Letztlich interessierte ihn der Mann doch gar nicht. Ute war es, mit der er über ihre und seine und die gemeinsame Schuld hatte sprechen wollen. Anstatt weiter über Christian Sperling zu grübeln, sollte er lieber darüber nachdenken, wie er den Abend sinnvoll gestalten konnte. Beim Studium des Programmhefts hatte er so viele Veranstaltungen angekreuzt und so viele Seiten mit kleinen Knicken markiert, dass er vor lauter Strichen und Eselsohren gar nicht mehr durchstieg. Auf jeden Fall bot der Evangelische Kirchentag mehr Möglichkeiten, als er wahrnehmen konnte, und auch weit mehr, als er brauchte. *Und der Herr wird machen, dass du Überfluss an Gutem haben wirst …* Aufs Geratewohl schlug er eine Seite auf und tippte mit dem Zeigefinger auf einen Eintrag. Eine Kirchengemeinde lud zur Meditation im Rahmen einer Ausstellung des Norder Bibelfliesenteams zum Thema Fliesen und Frauen ein. Was es alles gab!

Eine Stunde später hatte Friedemann gelernt, dass die aus den Niederlanden stammenden Bibelfliesen – sie waren seit dem 17. Jahrhundert bekannt – eine Antwort auf das calvinistische Bilderverbot darstellten. Da in den reformierten Kirchen keine Bilder hängen durften, statteten die reichen Bürger und Bauern ihre guten Stuben mit kostbaren Kacheln aus, auf denen biblische Szenen abgebildet waren. „Glasierte Predigten" wurden sie auch genannt. Im Lauf der Jahre hatte das Norder Bibelfliesenteam eindrucksvolle Schätze zusammengetragen, Fliesen mit Engeln, Kindern oder Tieren darauf, Fliesen zu bestimmten Themen wie Passion oder Pilgergeschichten, Sport in der Bibel, Krankheit in der Bibel oder – und da war er wieder beim Thema – Verbrechen und Bibelkrimis. Hier nun waren die Frauen zu sehen. Eva, die Stamm-Mutter, die den toten Abel beweint. Oder trauerte sie um den verlorenen anderen Sohn, wie der Kommentar nahelegte? Die beiden Mütter, die sich um ein Kind streiten, bevor Salomo sein sprichwörtlich gewordenes salomonisches Urteil fällt. Lots Frau, die ihren Blick nicht von der Vergangenheit abwenden kann und zur Salzsäule erstarrt. Bathseba, während sie auf dem Dach des Palastes badet, was König David bekanntlich zu allerlei Schandtaten verführt. Direkt daneben die andere berühmte Badende aus den Apokryphen, die verführerische, aber unschuldige Susanna, hier noch entspannt, bevor zwei geile alte Böcke sie arg in Bedrängnis bringen. War es nicht verständlich, dass die Pfarrer solche Bilder aus ihren Kirchen verbannt haben wollten? Wer hörte noch ihren Sonntagspredigten zu, wenn solch nackte Schönheiten die Fantasie zu allerlei Ausschweifungen anregten? So manch ein Sünderlein mochte durch die eine oder andere Darstellung nicht nur vom Gebet abgelenkt, sondern im Gotteshaus überhaupt erst auf Ideen gebracht worden sein.

Judith, die Holofernes enthauptet, Salome, die das Haupt des Täufers auf einem Tablett präsentiert. Fünf kluge und fünf törichte Jungfrauen, die Frauen am Grab. Und natürlich Maria, immer wieder Maria: Gerade liest sie ein Buch, als der Engel des Herrn ihr die Geburt ihres Sohnes verkündigt. Und daneben ihr Sohn mit der Ehebrecherin. Erstaunlich aufrecht steht diese da, während Jesus mit dem Zeigefinger irgendetwas in den Sand schreibt. Leider schwieg sich die Heilige Schrift darüber aus, was es war, das er geschrieben hatte; das wäre eine Meditation wert, dachte Friedemann.

Beim Betrachten der Fliese musste er wieder an Cornelia Rühling denken. Und an ihre Tochter Corinna, die vielleicht das Ergebnis eines Ehebruchs war. Oder nein, Schluss mit der Augenwischerei, richtig musste es heißen: Corinna, die mit an Sicherheit grenzender Wahrscheinlichkeit das Resultat eines Ehebruchs war. Sogar vor sich selbst redete er sich immer noch und immer wieder heraus, zum Kotzen war das. Dabei musste er es besser wissen, schließlich war er selbst an diesem Ehebruch beteiligt gewesen.

Als Gisela noch lebte, war sein Schweigen feige genug gewesen, doch hatte er sich damals immerhin noch damit herausreden können, dass er sie schonen wollte. Wie erbärmlich aber war seine Feigheit jetzt, so viele Jahre nach Giselas Tod. Anstatt in anderen Leuten Bündnispartner für seine Schuld zu suchen oder ihnen ihre Versäumnisse vorzuhalten, sollte er endlich das einzig Richtige tun, das, wovor er sich schon seit

Jahren drückte. Es gab nur eine Option. Er musste sich endlich stellen und seine Tochter aufsuchen. Was sollte der ganze Kirchentag, wenn er immer noch nicht bereit war, die Verantwortung für seinen Fehltritt zu übernehmen?

Corinna Rühling. Corinna Friedemann, so hätte sie auch heißen können. Seine letzte Information über Cornelias Tochter stammte von vor sechs oder sieben Jahren; in der Folge hatte er alles, was mit ihr zusammenhing, wieder verdrängt. Ob sie noch in Hamburg lebte? Oh Gott, hoffentlich lebte sie überhaupt noch! Frauen starben auch schon mal mit Mitte dreißig. Was würde er dann unternehmen, wie mit der Schuld fertig werden? Warum hatte er nicht längst im Hamburger Telefonbuch nach ihrer Adresse geguckt? Und wofür gab es das Internet? Er zückte sein Smartphone – und fasste sich im selben Moment an die Brust. Sein Herz spielte plötzlich verrückt, jagte im Galopp, während er sich zur nächsten Kirchenbank vorantastete. Eine Weile saß er zusammengesackt da und merkte nicht, wie sich die Bänke um ihn herum mit weiteren Besuchern füllten, die zur Meditation gekommen waren. Friedemann blieb nichts übrig, als abzuwarten, bis sich sein Herz beruhigt hatte und wieder im Gleichtakt mit der Welt wummerte. Er hätte nicht einmal sagen können, was ihn mit mehr Angst erfüllte, das Herzrasen oder die dumpfe Leere im Kopf. Erst nach einer halben Ewigkeit fiel ihm wieder ein, warum er hier saß und nach welchem Namen er hatte suchen wollen. Sein Handy! Es musste ihm aus der Hand gefallen und unter die Bank gerutscht sein. Leider konnte er es nirgends entdecken. Und inzwischen hatte die Veranstaltung begonnen und zwang ihn, auf seinem Platz auszuharren. Wie ein sich langweilender Konfirmand rutschte er hin und her und störte die Menschen in seiner Umgebung in ihrer Andacht; nun, da sein Entschluss feststand, wollte er Cornelias Tochter so schnell wie möglich ausfindig machen. Unmöglich, seine Nervosität zu zügeln und sich zusammenzureißen! Und nach der Veranstaltung höflich abzuwarten, bis sich die Besucherscharen verlaufen hatten, war schier unvorstellbar.

Friedemann spähte unter die Bank und tastete mit den Füßen umher, erntete aber nur einen irritierten Blick der neben ihm sitzenden Dame. Da er es sich mit ihr sowieso schon verdorben hatte, quetschte er sich an ihr vorbei und schlüpfte eine Reihe weiter. So arbeitete er sich wie in einem Loriot-Sketch weiter voran, bis er sein Handy endlich in weiter Entfernung von seinem ursprünglichen Platz unter einer Kirchenbank liegen sah. Als es ihm aus der Hand fiel, war es auf dem Steinfußboden weitergeschlittert und die Besucher mussten es, ohne es zu bemerken, mit den Füßen noch hierhin und dorthin geschoben haben. Das Gehäuse war vermutlich gleich beim Aufprall auf den Boden zerbrochen. Sobald er es nach draußen vor die Tür geschafft hatte, versuchte er, es wieder in Gang zu setzen, aber selbst nach hartnäckigem Drücken sämtlicher Knöpfe, gutem Zureden und verzweifeltem Schütteln zeigte es ihm, was auch mit seinem Herzen hätte passieren können, und blieb stumm.

17. robin@googlemail.com

Cori hat einen Heulkrampf, jetzt schon den ganzen Nachmittag. Es ist nicht auszuhalten. Ein richtiger Nervenzusammenbruch. Meine arme kleine dumme Cori. Was mache ich bloß? Einen Notarzt, der ihr eine Spritze verpassen könnte, kann ich nicht rufen, das Risiko ist zu groß. Bei der ersten mitfühlenden Nachfrage verplappert sie sich. Ihr Gewissen hält der Belastung nicht stand, schwache Menschen wie sie wollen andauernd Vergebung erfahren. Am liebsten würde ich sie schütteln und ihr ins Gesicht schreien: „Mensch, halt doch einfach mal ein bisschen Verantwortung aus!“

Mein Gott, wie sie heult! Es ist, wie man sagt, nicht mehr feierlich. Warum gibt es für Erwachsene keine Schnuller? Wie gern würde ich ihr jetzt den Mund stopfen. Hässliches Wort übrigens: Schnuller. *Pacifier* klingt um einiges eleganter. Auch wenn auf den Pacifier unweigerlich der Tranquilizer folgt. Soll ich Cori ein paar von den Tropfen verabreichen, die ich in Ute Taubers Kostümjacke fand? Ich habe Bedenken wegen der genauen Dosierung. Es war leider kein Packungszettel dabei. Wo ist die Grenze des Verträglichen, wo der Übergang vom Beruhigungsmittel zum Gift? Gut möglich, dass eine minimale Steigerung der Dosierung über Leben und Tod entscheidet.

Seltsam, dass sie dieses Medikament nötig hatte. Nach allem, was man so liest, scheint die Frau doch total gut drauf gewesen zu sein. Erfolgreich, selbstbewusst, daran gewöhnt, vor der Menge zu sprechen. Aber offenbar litt Ute Tauber an Angstattacken. Warum hätte sie sonst diese Tropfen bei sich gehabt?

Manchmal denke ich, ich bin von lauter Schwächlingen umgeben. Mit dem 28. August 1988 wäre niemand so wie ich fertig geworden.

robin@googlemail.com

Cori schläft, Gott sei Dank! Ist von selbst eingeschlafen, liegt da auf dem Teppich direkt vor dem Sofa, den dünnen Leib um ein Kissen gerollt. Ich bin ins Zimmer geschlichen und habe die Briefe wieder an mich genommen. Irgendetwas daran hat sie total aufgeregt, noch über das hinaus, was hier vor zwei Tagen passiert ist. Vielleicht finde ich, während sie schläft, ja heraus, was es ist.

robin@googlemail.com

Immer wieder ist die Rede von diesem C.

C. C. C.

Corinnas Vater.

Also Christian Tauber-Sperling, wenn ich nicht irre.

Arme Cori, erst muss sie erfahren, dass ihre Mutter gar nicht ihre Mutter ist, sondern bloß ihre Tante. Die wirkliche Mutter hat sich das Leben genommen, und die Tante gibt ihr, kurz bevor sie abkratzt, noch eben die Schuld. „Deinetwegen habe ich mein Leben nicht richtig gelebt.“ Dann lädt die Kleine eine Frau zum Teestündchen ein, von der sie sich Auskunft über ihre Mutter erhofft, aber bevor es zu einem Gespräch kommt, stirbt auch die vor ihren Augen. Als hätte sie sich eigens unser Wohnzimmer für ihren Exitus ausgesucht. Und nun stellt sich heraus, dass diese Frau vor langer Zeit Coris Mutter schwer zugesetzt hat. Brutal tyrannisiert hat sie das dumme Mädchen, hinterhältig gemobbt, und zur Belohnung ist sie jetzt eine Art Nationalheilige aller Deutschen geworden. Und ausgerechnet deren Mann dürfte, um das Ganze zu toppen, Coris Vater sein!

Wer da nicht verrückt wird, hat statt einer Seele einen Einkaufswagenchip implantiert. „Du, Schatzi, ich geh eben zum Supermarkt, ein paar Traumata shoppen …“

Ich hätte nicht übel Lust, die Zeit zu nutzen und diesem C. einen Besuch abzustatten, solange Cori noch schläft. Sie muss das ja nicht wissen, regt sie nur unnötig auf. Wer weiß aber, ob sie die ganze Nacht durchschläft. Besser ist wohl, ich mache fix.

C. wie Cori. Und C. wie Christian, Uteputes Mann, das liegt auf der Hand. Wie gut, dass ich daran gedacht habe, nicht nur die Handtasche der Lady, sondern auch die Taschen ihrer Kostümjacke zu durchsuchen, und dass ich das Schlüsselkärtchen vom *Madison* darin fand. Wo sie eingecheckt hat, ist mit Sicherheit auch ihr Kerl abgestiegen. Ich glaube, ich stülpe mir mal diesen komischen Haarpudel auf den Kopf, der in Uteputes Beutel steckte. Steht mir sicher besser als ihr. Und dann werde ich meine schauspielerischen Talente unter Beweis stellen. Wofür war ich schließlich der Star der Theater-AG auf dem Junior College?

18.

Was für ein grauenvoller Tag! Erstaunlich, dass er ihn überlebt hatte! Und alle hatten etwas von ihm gewollt. Zwar war es Christian gelungen, die Journaille abzuwimmeln, aber es waren trotzdem noch genügend Leute übrig geblieben, die ihm auf die Pelle gerückt waren. Als hätte nicht schon der ungehobelte Mann von der Kripo gereicht, war dann noch dieser aufdringliche Schwätzer gekommen, der vorgab, ihn noch aus Heidelberger Zeiten zu kennen. Hatte sich als Kontaktpfarrer vorgestellt, die Bezeichnung sagte alles. Christian konnte sich nicht an den Burschen erinnern. Ute hätte es vielleicht getan, sie war ja in gewisser Weise ihrer beider Gedächtnis gewesen, ein unerbittliches Gedächtnis, das allzu oft keine Gnade gekannt hatte. Aber mit ihrem gesegneten Erinnerungsvermögen waren nun auch ihre Strenge und Unerbittlichkeit gegangen. Ob er darüber traurig sein sollte, musste sich noch zeigen.

Doch wollten die Leute nicht nur etwas *von* ihm. Die meisten waren von jener gnadenlos christlichen Sorte, die es gut mit ihren Mitmenschen meinte, und hatten etwas *für* ihn gewollt. In der Hotelhalle sprachen sie ihn an und sogar mitten auf der Straße, als er am Nachmittag versucht hatte, einen kleinen Spaziergang zu unternehmen. Freudestrahlend versicherten sie ihm, dass er ja genauso aussehe wie auf den Umschlagfotos seiner Bücher, und wollten ihm Trost zusprechen. Die Wege des Herren seien verschlungen, meinte der eine; „Wen der Herr liebt, den straft er“, eine andere. Fehlte nur noch, dass ein Witzbold „Wer weiß, wozu es gut ist“ gesagt hätte! Oder dass sich eine der Kanzelschwalben, wie Ute seine ältlichen Groupies aus der Kirchengemeinde gern genannt hatte, als nächste Lebensgefährtin anbot. Auf kürzestem Weg war Christian zurück ins Hotel geflohen und hatte sich in seinem Zimmer verbarrikadiert. Das Mobiltelefon hatte er auf lautlos geschaltet.

Da die Männer von der Kripo seine Instant-Gemüsebrühe beschlagnahmt hatten und Utes Frauenmanteltee aus geschlechtsspezifischen Gründen für ihn nicht infrage kam, süffelte er sich quer durch die Minibar. Zur Küchenzeile des Studios gehörte ein Kühlschrank in ordentlicher Größe, der ausreichend Platz gewährte, um neben den üblichen vom Hotel bereitgestellten Getränken auch noch für eigenen Nachschub zu sorgen. Ute und er pflegten sich nach ihren Auftritten gern ein Glas Sekt – genauer gesagt: Champagner – oder auch deren zwei oder drei zu gönnen. Täuschte sein Eindruck oder war in der soeben geleerten Flasche deutlich weniger Inhalt gewesen als sonst?

Es half nichts. Auch wenn es die falsche Reihenfolge war, musste er im Anschluss an den teuren Champagner auch noch den Piccolo aus der Minibar leeren, dessen Geschmack er alsbald mit Hilfe zweier kleiner Gin- sowie eines Wodkafläschchens vertrieb. Damit war der Bann gebrochen und es war gut, dass sich auch eine Tafel Schokolade sowie ein Tütchen Salzmandeln bei den Getränken befanden. So ließen sich im Anschluss an alles andere auch die beiden Weinfläschchen passabel vertragen.

So viel zum Thema Abstinenz auf dem Kirchentag, dachte Christian, während er auf seinem Bett lag und ein Nachtgebet sprach. „Mein Bett ist ein Boot, mir wird nichts mangeln …“ Ein Zitat von Baudelaire fiel ihm ein. „Wer nur Wasser trinkt, hat etwas zu verbergen.“ Immerhin war er noch imstande wahrzunehmen, dass er ein wenig lallte. Aber bitte, wer sich darüber beschweren wollte, sollte ruhig kommen. „Komm wieder, wenn deine Frau neben meiner im Leichenschauhaus liegt …“ Zwar hätte er nicht sagen können, zu wem er diesen Satz in Gedanken sagte, aber zu irgendwem würden die Worte schon irgendwann passen. Blieb nur zu hoffen, dass sie ihm im entsprechenden Moment wieder einfallen würden.

Endlich hatte er alles ausgetrunken, was der Kühlschrank hergab. Lediglich das Leitungswasser floss noch reichlich und die Dame auf Utes Frauenmantelteepackung lächelte ihm aufmunternd zu. Aber dass er sich damit zufrieden gab, konnte niemand von ihm verlangen. Zum ersten Mal seit seinen wilden Studentenjahren beschloss Christian Tauber-Sperling, allein eine Bar aufzusuchen. Er war schließlich niemandem mehr Rechenschaft schuldig, heute Abend nicht mal mir selbst, dachte er, und es war eigentlich noch gar nicht so spät am Tage. Wenn es stimmte, was das Zifferblatt seiner Armbanduhr anzeigte, und so er die Uhr richtig herum hielt, war es noch lange nicht Mitternacht. Zwanzig vor neun, eine durch und durch christliche Zeit. Während er mit dem Fahrstuhl von der sechsten Etage ins Erdgeschoss fuhr, kam ihm der Gedanke, dass er zum ersten Mal seine neu gewonnene Freiheit als Witwer auf die Probe stellte. Oder vielleicht sogar unter Beweis? Würde sich das ihm widerfahrene Unheil am Ende gar in eine Art Segen verwandeln? Er wollte sich gerade verbieten, weiter in diese Richtung zu denken – solche Gedanken waren verrückt und führten zu gar nichts, jedenfalls zu nichts Gutem –, als der Fahrstuhl stoppte und er gezwungen war, sich mit etwas anderem zu befassen. Zum Beispiel mit der Frage: Wo lag die Bar?

Intuitiv wandte sich Christian nach links. Und richtig, sein Unterbewusstsein war schlauer als sein Verstand und hatte in den vergangenen Tagen die Lage der Hotelbar bereits registriert und gespeichert. Schon fand er sich auf einem Ledersofa wieder, das strategisch günstig in einer Nische im Halbdunkel stand, direkt an einer Wand, gegen die er sein müdes Haupt lehnen konnte. Da er sich unter den meisten Angeboten, die die Karte enthielt, nichts vorstellen konnte, bestellte er eine Bloody Mary. So was tranken die Leute doch angeblich sogar, um ihren Kater am Morgen danach zu bekämpfen. Vielleicht hatte das Getränk ja auch vorbeugende Wirkung? Und falls sich jemand, den er kannte, zufällig an diesen Ort verirren sollte, vielmehr, falls jemand ihn, Christian Tauber, erkannte, konnte er einfach so tun, als befänden sich in seinem Glas nur Vitamine. Tomatensaft war schließlich Tomatensaft, egal, ob man ihn mit Wodka oder Wasser verdünnte.

Er war bereits beim zweiten Drink angelangt, als jemand eine große Sporttasche auf den Sitz neben ihm warf und sich dann selbst aufs Sofa quetschte. Es war eine Frau, die offenbar daran gewöhnt war, erst einmal ihr Terrain zu erobern, bevor sie Höflichkeit heuchelte und sich mit der Frage abgab, ob der Platz, auf dem sie bereits saß, etwa vergeben sei. Oder lag die Unhöflichkeit auf seiner Seite und er hatte eine Frage, die sie möglicherweise gestellt hatte, nur nicht gehört? Hätte er sie eher bemerken und von sich aus zur Seite rücken müssen? Die Hotelbar mit ihrem Stimmengewirr und den ineinander verschwimmenden Gesichtern drehte sich gerade im Kreis um ihn herum wie ein Karussell und er war ein Kind, das von seinem Kirmespferdchen heruntergefallen war oder aus seinem roten Feuerwehrauto gepurzelt. Nur leider sah die Frau nicht wie eine Mutter aus, die eigens zu seiner Befreiung herbeigeeilt kam und ihn aus seiner Verstörung erlöste.

Anstandshalber rückte Christian einen Zentimeter zur Seite und unternahm den Versuch, sie anzulächeln. Das war gar nicht so einfach, wenn man nicht wusste, auf welches der sechs Augenpaare, die einen anstarrten, man sich konzentrieren sollte. Er entschied sich, die Augen in der Mitte zu fixieren, aber auch das wollte nicht recht gelingen.

Die Frau kam ihm vage bekannt vor. Oder vielleicht erinnerte sie ihn auch nur an jemanden, den er einmal gekannt hatte, besser gesagt, *die* er einmal gekannt hatte, schließlich war sie ja eine Frau. Aber war sie wirklich eine? Die Augen, in die er blickte, waren ungeschminkt, ihre Gesichtszüge grob. Breite Wangenknochen, eine große, fleischige Nase. Und ein markantes Kinn, das von männlicher Willenskraft zeugte. Aber märchenhaft schönes rötlich-brünettes Haar hatte sie, das in leichten Wellen auf ihre Schultern herabfiel. Gern hätte er mit der Hand darübergestrichen oder sich hineingewühlt – mit beiden Händen zugleich – und dabei wie ein Kind, das er einmal beobachtet hatte, laut „Heißa" gerufen.

Die Frau bemerkte seinen Blick und warf ihre Haare mit ungeübtem Schwung über die Schulter. Die kokette Geste passte nicht zu ihr; umso mehr rührte sie Christian.

„Darf ich Ihnen einen Drink … bestellen?", lallte er. Beinahe hätte er „spendieren" gesagt, aber im letzten Moment besann er sich eines Besseren.

„Gern", antwortete sie. „Was hatten Sie, eine Bloody Mary? Nehmen Sie auch noch eine?"

Ohne Christians Antwort abzuwarten, signalisierte sie dem Barmann, ihnen zwei weitere Gläser zu bringen. Dann drehte sie sich zu Christian und legte eine Hand auf seinen Arm. Es war eine große, kräftige Hand, eine Hand, die zupacken konnte. Ein echtes Teufelsweib, dachte Christian.

„Ich bin Maria", sagte sie in einem Ton, der keinen Widerspruch duldete. „Und du?"

Den Teufel würde er tun und hier seinen richtigen Namen preisgeben! „Nenn mich einfach Josef", hörte er sich sagen, und wenn er in diesem Moment überhaupt noch so etwas wie Verwunderung spürte, dann allenfalls über die Tatsache, dass er sich nicht einmal mehr über sich selbst wunderte.

Sie lachte. „Na, da haben wir uns ja gefunden."

Plötzlich wusste Christian, an wen die Frau ihn erinnerte.

Sie sah nicht nur aus wie ein seltsam verkleideter Mann. Sie sah so aus, wie Ute ausgesehen hätte, wenn sie ein Mann gewesen wäre und sich als Frau kostümiert hätte.

Freilich hätte Ute für ihre Zwecke nicht so bizarre Kleidungsstücke gewählt. Zu einem graukarierten Holzfällerhemd aus dickem Flanell, das besser zu Bluejeans gepasst hätte, hatte die Frau – oder der Mann – eine Art Reiseplaid mit Schottenkaro wie einen Wickelrock um die Taille gebunden und das Hemd in den Rockbund gestopft. Zusammengehalten wurde die gewagte Konstruktion mit Hilfe eines breiten Gürtels, den eine überdimensionierte Silberschnalle mit Harley Davidson-Emblem zierte. Schnurrig war noch das Mindeste, was Christian dazu einfiel. Aber vielleicht war sie einfach nur arm und angewiesen auf Kleiderspenden? Es gab ja inzwischen Menschen, die völlig ohne Geld in einer parallelen Tauschwirtschaft lebten. Der Kirchentag gab den unterschiedlichsten Menschen eine spirituelle Heimat; natürlich traf man darunter auch jede Menge Spinner und Exzentriker.

Er verspürte ein leichtes Prickeln, das in seinem Rücken aufstieg, um im nächsten Moment einem heftigen Schwindelgefühl zu weichen. Glücklicherweise trat der Barmann an ihren Tisch und lenkte Marias Aufmerksamkeit in eine andere Richtung.

Oder nein, dachte Christian, als sich der Schwindel legte. In Wahrheit ist diese Frau auch kein Mann. Weder eine Frau noch ein ungewöhnlicher Mann. In Wahrheit habe ich eine Vision. Eine Vision abends an der Hotelbar. Neben ihm saß ein Engel, von Gott in dieser Stunde der Prüfung zu ihm gesandt. Oder auch nur von Ute. Konnte das sein? Ja, unbedingt. Diese Maria war eine Botschafterin und würde ihm eine Nachricht von Ute überbringen, und zwar sehr bald. Er musste nur noch diese kleine Prüfung mit der Bloody Mary bestehen.

„Wohlsein“, sagte er.

Richtige Männer sagten bei solchen Gelegenheiten auch gern Sätze wie: „Hau weg, den Scheiß!“ Aber er wusste ja längst, dass er kein richtiger Mann war. Eine solche Formulierung war ihm im Leben nicht über die Lippen gekommen und würde ihm auch jetzt nicht überzeugend gelingen. Lieber hätte er dem Gespräch eine religiöse Wendung gegeben, aber das wäre zu plump gewesen. Bei Gott und seinen Gesandten biederte man sich nicht an.

„Und, Joseph“, fragte der Engel, wobei er den Namen englisch aussprach, „was bist du für eine Sorte?“

Da Christian nicht wusste, was er sagen sollte – und wenn er es gewusst hätte, kaum mehr imstande gewesen wäre, es zu artikulieren –, begnügte er sich mit einem Lächeln. Nach einer Weile gelang ihm eine Antwort, die sowohl für ein weibliches Gegenüber als auch gegenüber einem Mann nicht ganz unpassend war:

„Im Moment fühle ich mich mehr wie ein … Zzzombie.“

Es klang, als flöge ihm eine Fliege aus dem Mund, und zwar ein dicker, fetter Brummer. Der Engel runzelte die Stirn und Christian setzte zu einem neuen Versuch an:

„Ich meine, ein … Zombie!“

Der Engel klickte sein Glas gegen Christians und murmelte etwas, das ein Trinkspruch sein konnte, aber vielmehr wie eine Abwehrzauberformel klang. „Auge um Auge, Zombie um Zombie“, verstand Christian. Wahrscheinlich irrte er sich. Überhaupt sprach der Engel mit leichtem Akzent, ein bisschen süddeutsch – Pfälzisch vielleicht? –, ein bisschen amerikanisch. Christian bemerkte es freilich erst jetzt.

Mit Todesverachtung griff er nach seinem Glas und kippte den Rest seiner Bloody Mary hinunter. Dann unternahm er einen waghalsigen Versuch, sich vom Sofa zu hieven. „Ich will dann mal“, lallte er. „Hat mich gefreut, Sie kennenzulernen.“

In diesem Moment trat der Barmann erneut an ihren Tisch und stellte zwei Gläser vor ihnen ab.

Christian knickte in den Knien ein und sackte zurück.

„Bitte sehr, die beiden Zombies. Sehr zum Wohlsein, die Herrschaften!“

„Aber …“

„Das muss eine Verwechslung sein, wir haben gar nichts bestellt“, sagte der Engel.

„Zwei Zombies! Hat der Herr doch gerade gerufen!“

Einige der Umstehenden nickten.

Der Engel lachte. „Ein Missverständnis. Aber macht nichts. Was haben Sie denn Schönes für uns zusammengepanscht?“

„Apricot Brandy mit vier Sorten Rum“, sagte der Barmann, „oder vielmehr vier Sorten Rum mit Apricot Brandy. Dazu Ananas-, O-Saft, Zitronensaft und Grenadine. Spezialität des Hauses.“

„Klingt nach mehr“, sagte der Engel. „Here´s to you, Joseph.“

Allein schon beim Gedanken an Apricot Brandy drehte sich Christian der Magen um. Oder das Hirn. Oder das Herz. Oder alles gleichzeitig. Ute war tot. Nie wieder würde sie neben ihm sitzen. Nie wieder würde er ein Glas Wein mit ihr trinken. Ihm blieben nur noch die Zombies, und wenn er vernünftig war, Utes Frauenmanteltee für sich allein. Vielleicht würde er sich gelegentlich eine Tasse davon zubereiten, und wenn auch nur, um sich von Zeit zu Zeit den Geruch in Erinnerung zu rufen. Es war unfassbar – Ute tot! Und sein Gegenüber schien doch kein Engel zu sein und keine Botschaft zu überbringen. Stattdessen saß da ein Zombie von Teufelsweib, forderte ihn zum Trinken heraus und dieser Absacker musste jetzt auch noch bewältigt werden.

Hatte Christian seine Bloody Mary mit Todesverachtung getrunken, so leerte er dieses Glas mit Schicksalsergebenheit. Sein Widerstandsgeist, so er je welchen besessen hatte, war gebrochen. Am besten, er starb gleich hier und jetzt, an Ort und Stelle. Er war sowieso nicht mehr in der Lage, sich auf sein Zimmer zu schleppen. Geschweige denn, sich auszuziehen und ins Bett zu legen. Schlafen und irgendwann wieder aufwachen, als ob nichts geschehen war? Ein Ding der Unmöglichkeit. Hatte er wirklich je behauptet, bei Gott wäre nichts unmöglich? Das war magisches Denken gewesen, purer Mythos, er wusste es jetzt.

„Don´t you worry“, sagte der Zombie-Engel. „Ich helfe dir, Christian.“

Woher wusste er seinen richtigen Vornamen, und warum sprach er den Namen wie *Christschän* aus? Was auch immer der Grund sein mochte, es klang beruhigend und vertrauenerweckend. Ich helfe dir, Christ.

Dann schwang sich der Engel vom Sofa – es war vielleicht doch ein gutes Wesen, zu ihm gesandt – und bei dem Wickelrock musste es sich tatsächlich um eine Wolldecke handeln, so viel war Christian noch in der Lage wahrzunehmen. Lustige Fransen, die sich eben noch um Engelswaden geringelt hatten, hingen jetzt bis auf die Knöchel herunter, darunter lugten feste Wandersandalen hervor. Wenn dieser Engel heute Nacht noch durch die Rocky Mountains wandern wollte oder auch nur um die Alster herum, so wäre er bestens gerüstet.

Christian konnte sein Glück gar nicht fassen. Dass sich dieser patente Engel jetzt seiner annahm und ihn auf sein Zimmer brachte!

Der Engel schlang einen starken Arm um Christians Rücken und schleppte ihn regelrecht ab. Nachdem er Christian in den Fahrstuhl bugsiert hatte, drückte er, ohne zu fragen, den Knopf für die sechste Etage. Der Engel wusste genau, was er tat und wo Christian wohnte. Wundersamerweise hatte er auch schon das Schlüsselkärtchen zu Christians Suite parat – Gott allein wusste, woher er es hatte – und alles war gut und richtig. Christian musste sich nur darauf konzentrieren, dass er sich nicht hier im Fahrstuhl schon übergab. Das war das

Einzige, was ihm abverlangt wurde, im Grunde nicht viel, eine überschaubare Pflicht, wenngleich vielleicht doch mehr, als er jetzt würde leisten können. All seine Sinne waren gefordert, während er, was in ihm aufstieg, wieder herunterschluckte und ihn das Gefühl überkam, dass er nicht mehr zu retten wäre. Denn etwas war seltsam, er konnte es nicht richtig in Worte fassen, aber er spürte es vage und es machte ihm Angst: Obwohl der Fahrstuhl doch aufwärts fuhr, aufwärts fahren musste, kam es Christian so vor, als stürze er ins Bodenlose und brächte ihn auf schnellstem Weg in die Hölle.

III.

Samstag, 4. Mai

19. Thomas Lemaitre öffnete ein frisches Tetrapack Orangensaft, verschloss es notdürftig und stellte die geöffnete Packung hinter sich ins Regal. Da mochte der Inhalt vor sich hin gammeln bis zum nächsten unwillkommenen Besucher, den es loszuwerden galt. Dieser Trick, den ihm seinerzeit sein Ausbilder verraten hatte, hatte sich im Laufe der Jahre bestens bewährt. Mit den neuen Verpackungen funktionierte die Methode sogar noch wirkungsvoller als früher, als man den Saft noch in Glasflaschen gekauft hatte. Damals hatte man dem Gebräu schon von weitem angesehen, dass es kaum noch genießbar war. Jetzt aber erzielte man einen herrlichen Überraschungseffekt, wenn nach der anfangs unscheinbaren, allenfalls etwas zu wässrigen Flüssigkeit schließlich etwas undefinierbar Ekelhaftes aus der Packung schwappte.

Nur hatte sich der Spaß bei seinen Kollegen leider abgenutzt, und so hatte die Lagebesprechung an diesem Samstagvormittag für seinen Geschmack deutlich zu lange gedauert. Wieder einmal dachte Lemaitre, wie vorteilhaft es doch wäre, wenn er wie die Möchtegernkollegen vom Fernseh-Tatort in einem Zweierteam arbeiten könnte. Die Realität in der Mordkommission sah anders aus. Zu fünft bildeten sie eine Ermittlungseinheit, und zu fünft galt es, sich abzustimmen. Das war nicht immer einfach bei vier Mitstreitern, pardon, Mitstreitern und Mitstreiter-groß-Innen mit ihren jeweiligen Profilneurosen – und Profilneurosinnen, wie er gern zu spotten pflegte. Nur gut, dass er der Chef der Soko war, so konnte er immerhin alle möglichen Aufgaben delegieren und die anderen jeweils paarweise agieren lassen. Auf diese Weise hatte er wenigstens zwischendrin seine Ruh.

Vor allem Kerstin, die selbsternannte Religions- und speziell Islamexpertin im Team, war ihm heute gebührend auf die Nerven gefallen. Wenn die so weitermachte, hatte sie mit vierzig ein Burnout und war mit fünfzig so verhärmt wie sein alter Spezi Carl Friedemann. Der war auch immer einer von diesen Hundertfünfzigprozentigen gewesen. Schrecklich, wenn Leute alles doppelt und dreifach besprechen mussten und jeden Pups hinterfragten. Auch heute hatte Kerstin nicht aufgehört, immer alles Mögliche zu problematisieren, dabei war der Fall doch gelöst. Traurig zwar, denn es gab einen zweiten Toten; aber das war wohl nicht zu verhindern gewesen. Ein klassischer Fall von Beziehungstat: Ehemann bringt erst seine Frau um und tötet sich anschließend selbst. Als am Morgen der Anruf vom *Madison* eingegangen war, war Lemaitre nicht sonderlich verwundert gewesen. Christian Tauber-Sperling hatte sich in der Nacht das Leben genommen. Einmal mehr bestätigte sich die alte Kriminalistenregel, dass der Mörder entweder auf der Leiche saß oder in der Garage nebenan hing. Okay, dieser taube Sperling hatte eine etwas längere Zeitspanne benötigt als andere Leute, einen ganzen Tag immerhin. Aber das war noch im Rahmen des Üblichen. So ein Pfaffe musste eben ein paar Skrupel mehr überwinden als der Durchschnittsfeigling. Hatte sich erst noch Mut antrinken müssen, der Mann. Im Prinzip aber hatte er eine gehörige Portion Unverfrorenheit besessen. Denn dazu gehörte schon etwas: erst die eigene Frau ermorden – die Mediziner hatten Ute Taubers Todeszeitpunkt inzwischen auf Donnerstagnachmittag irgendwann zwischen 14 und 18 Uhr eingegrenzt – und dann in aller Seelenruhe einen Festvortrag vor handverlesenem Publikum halten. Sodann hatte dieser Theologe vor dem Herrn es fertiggebracht, die Leiche seiner Frau spät in der Nacht an einem öffentlichen Ort zu entsorgen und dabei noch eine brutale Steinigung vorzutäuschen. Und was hieß vorzutäuschen, dieser Widerling hatte tatsächlich einige Steine auf sie geworfen! Keine kleinen Kieselsteinchen, sondern klobige Pflastersteine von einer Baustelle nebenan! Auch wenn Ute Tauber bereits tot gewesen und keine Schmerzen mehr gespürt hatte – die Ärzte hatten eine größere Menge Diazepam in ihrem Blut nachgewiesen –, es gab so etwas wie Pietät, zumal für einen gläubigen Christen. Jeden dieser Punkte für sich allein genommen hätte Lemaitre diesem Weichei von Ehemann nicht zugetraut. Da sah man mal wieder, wie man sich irren konnte. Der Mensch war und blieb ein unberechenbares Wesen.

Aber schließlich hatte sich der Bursche offenbar doch übernommen, zu einem zügigen Suizid hatte es nicht mehr gereicht. Zu guter Letzt hatten sich doch wieder ein paar kleinliche Bedenken oder die allgemeine Lebenszagheit ins Bild geschoben. Oder war die zeitliche Verzögerung im Gegenteil nur ein weiteres Indiz für Sperlings geplante Vorgehensweise bei kühlem Kopf? Hatte er noch etwas zu erledigen gehabt und sich gar nicht im Zustand der Verzweiflung getötet? Steckte Kalkül dahinter, dass er erst einen Tag nach seiner Tat aus dem Leben geschieden war? Im Grunde war es egal. Bei einer Selbsttötung fragte man irgendwann nicht mehr nach dem genauen Ablauf, nicht einmal nach dem letzten Motiv. Der Fall war geklärt, die Akte Ute Tauber konnte geschlossen werden. Zur Stunde wurde auch Christian Tauber-Sperling auf Diazepam getestet; man durfte davon ausgehen, dass er sich eine Überdosis desselben Tranquilizers reingepfiffen hatte, dem seine Frau zum Opfer gefallen war. Zwar hatten die Kollegen keine Spuren eines Medikaments im Hotelzimmer gefunden, aber es war möglich, dass der Mann den Stoff in der Hotelbar mit seinem Drink zu sich genommen hatte. Zurzeit opferten mehrere Kollegen ihr Wochenende, um den Müll des Hauses zu sieben.

Kerstin hatte die Soko ausführlich darüber belehrt, dass die ursprünglich raue Methode der Steinigung im talmudischen Judentum in späterer Zeit abgemildert worden war, indem man dem Delinquenten vor der Hinrichtung ein Betäubungsmittel gegeben hatte. Sie hatte dem Team auch erklärt, dass die alten Griechen die Steinigung eher für Landesverräter vorsahen, während sie im Koran entgegen allgemeiner Vorurteile gar nicht geregelt war. Insbesondere hatte es Lemaitre erheitert, dass die Mischna – die jüdische Gesetzessammlung – Steinigung nicht nur als Strafe für Götzendienst, Gotteslästerung, Beischlaf mit Mutter, Stiefmutter oder Schwiegertochter, einem Mann oder einem Vieh vorsah, sondern auch für unbändige oder widerspenstige Söhne. Diese Information wollte er bei nächster Gelegenheit seinem Jüngsten aufs Butterbrot schmieren. Sascha war das typische Nesthäkchen und seine Pubertät – oder Adoleszenz, wie man heutzutage hochtrabend sagte – dauerte für Lemaitres Begriffe inzwischen eindeutig zu lang.

Der Kommissar nahm seine Lederjacke vom Haken und wollte sich gerade vom Acker machen, als das Telefon klingelte. Unwillkürlich hielt Lemaitre den Atem an. Sollte er sich totstellen? Er war doch schon so gut wie im Wochenende. Das würde auch der hartnäckigste Anrufer irgendwann begreifen. Endlich verstummte das Läuten, aber nur, um einen Moment später erneut einzusetzen. Lemaitre schlüpfte in seine Jacke, wobei er sich bemühte, keine Geräusche zu machen. Er wusste zwar, wie albern das war – wer immer anrief, stand mit Sicherheit nicht gleichzeitig vor der Tür und lauschte. Aber es konnte nicht schaden, sich hin und wieder in Lautlosigkeit zu üben.

Etwas Hartes stieß gegen seine Brust. Ach ja, in der Innentasche seiner Jacke steckte ja noch diese Kladde. Die hatte er ganz vergessen. Als er das *Madison* am Morgen hatte verlassen wollen, war ihm eine junge Frau vom Empfang hinterhergeeilt und hatte sie ihm in die Hand gedrückt. „Das hier hat Herr Tauber-Sperling gestern im Bistro liegen gelassen. Ich glaube aber, es gehörte eigentlich seinem Besucher. Was sollen wir jetzt damit machen?“

Ein kitschiges Tagebuch. Lemaitre erinnerte sich an die Modelle aus den 1970er-Jahren. Um Frauen, die Tagebuch schrieben, hatte er stets einen Bogen gemacht. Er hatte die Hotelangestellte gefragt, ob sie zufällig den Namen des Besuchers gehört hätte. Den hatte die junge Frau zwar leider vergessen, aber sie war in der Lage gewesen, eine prägnante Beschreibung des Mannes zu geben. Und dass er mit Herrn Sperling über Schuld und Sühne hatte sprechen wollen. Für Lemaitre ein klarer Fall: Der Teufel sollte ihn holen, wenn es sich bei Sperlings Gast nicht um seinen alten Bekannten Carl Friedemann handelte.

Wäre er doch nur schon gegangen – und hätte die Jacke nicht angezogen. Dann hätte er die Kladde getrost Kladde sein lassen können und sie allenfalls am Montag an seine übereifrige Mitarbeiterin weitergereicht. Aber nun konnte er nicht so tun, als hätte er dieses Asservat nicht gesehen.

Seufzend zog Lemaitre die Jacke aus und hängte sie wieder an den Haken. Dann setzte er sich mitsamt dem Tagebuch an seinen Schreibtisch und fing an, darin zu lesen. Als das Telefon eine Viertelstunde später noch einmal klingelte, hörte er es nicht einmal mehr.

20. *Dramatische Entwicklung im Mordfall Tauber*

Ehemann tot in Hotelzimmer aufgefunden

Carl Friedemann wollte gerade sein Frühstücksgeschirr zusammenräumen, als die Eilmeldung auf dem Bildschirm seines Laptops erschien. Was für eine grauenvolle Nachricht!

Sein Herz krampfte sich zusammen, setzte für einen Schlag aus. Schon wieder! War das nur die Aufregung oder hatte es mehr zu bedeuten? Wenn dies alles ausgestanden war, sollte er sich wohl um einen Termin bei einem Kardiologen bemühen.

Er konnte kaum glauben, was er las. Anscheinend hatte Christian Tauber-Sperling seine Frau heimtückisch ermordet und nun sich selbst gerichtet. Vergiftet offenbar; das Zimmermädchen hatte ihn am Morgen tot in seinem Hotelbett gefunden. Die Leiche wurde zur Stunde in der Hamburger Rechtsmedizin obduziert.

In Friedemanns Entsetzen mischte sich leichter Ärger. Er hatte den alten Bekannten noch einmal aufsuchen wollen, um das Tagebuch zurückzuholen, das er am vergangenen Nachmittag versehentlich im Hotelbistro hatte liegen lassen. Nun machte Tauber-Sperlings Tod ihm einen Strich durch die Rechnung. Sollte er sich noch einmal an Lemaitre wenden? Dazu verspürte er wenig Lust. Außerdem war es wohl besser, seinem Vorsatz treu zu bleiben und seine Tochter aufzusuchen. Wenn er sich jetzt davon ablenken ließ, würde ihn der Mut, sein Vorhaben endlich in die Tat umzusetzen, womöglich wieder verlassen. Corinnas Adresse hatte er sich ganz klassisch aus dem Hamburger Telefonbuch gesucht, in das ihn der Pfarrer im Gemeindebüro von St. Gertrud freundlicherweise hatte sehen lassen. Der Eintrag hatte auf die Namen *Rühling, Franziska u. Corinna* gelautet, offenbar lebte sie nach wie vor bei Cornelias Schwester. Oder war der Eintrag veraltet und er würde im Bartensteiner Weg nur die Tante antreffen? Wie auch immer, einen Versuch war die Sache wert. Vielleicht würde die Tante ihm ja auch die aktuelle Adresse seiner … oh Gott, ja, seiner Tochter mitteilen. Fast hoffte Carl Friedemann darauf, dass die junge Frau inzwischen an einem anderen Ort wohnte und ihm so ein kleiner Aufschub vergönnt sein würde.

Der Pfarrer von St. Gertrud hatte ihm angeboten, auch das Telefon im Kirchenbüro zu benutzen – Friedemanns Handy hatte sich vom Aufprall auf den Steinfußboden gestern nicht wie erhofft über Nacht erholt, sondern tatsächlich endgültig den Geist aufgegeben. Friedemann hatte das Angebot des Pfarrers jedoch nicht angenommen. In diesem Fall zog er die persönliche Begegnung vor, bei der man einander in die Augen sehen konnte. Und so machte er sich, nachdem er das Geschirr wieder nur notdürftig zusammengestellt und seinen Mund mit dem letzten Schluck Hagebuttentee ausgespült hatte, endlich auf den Weg nach Hamburg-Wandsbek.

21. robin@googlemail.com

Cori ist nicht mehr sie selbst, nur noch konfus, voller Selbstanklagen, ein einziges Häufchen Elend. Hätte ich sie Donnerstagnacht nur nicht mit an die Alster genommen! Ich hätte wissen müssen, dass sie – wie sagt man – sich ins Gewissen beißt. Oder dass das Gewissen sie beißt? Klingt beides nicht richtig. Aber wie hätte ich den leblosen Körper allein bis zu dem Baum schleppen sollen? Wieso sind Tote eigentlich so viel schwerer als andere Leute? Zu zweit ging es leichter. Außerdem konnten wir, als uns das Grüppchen Nachtschwärmer entgegenkam, so tun, als würden wir eine betrunkene Freundin stützen. Wäre ich allein gewesen, hätte ich so tun müssen, als hielte ich meine Freundin im Arm, und hätte mit der Toten noch knutschen müssen. Nicht auszudenken!

Meinen Ausflug ins Viersternehotel verschweige ich lieber. Nicht dass sich bei Cori noch die Stimme des Blutes meldet – haha – und sie ihrem Erzeuger nachtrauert. Soweit kommt es noch! Ich hab meine Eltern schließlich auch verloren und musste sogar zugucken dabei. Aber so ist das Leben.

Soviel ich weiß, hat der Mann sonst keine Kinder gehabt,

jedenfalls nicht mit seiner Alten. Man darf also durchaus gespannt sein, wie hoch Coris Erbe ausfällt. Ich meine, sie ist schließlich die Tochter. Und diese Leute haben sicher einen Haufen Kohle mit ihren Büchern gemacht. Ich muss herausfinden, wie das mit dem Erben in Deutschland läuft. Sind dafür Rechtsanwälte zuständig oder gleich ein Gericht? Und kommen die von selbst auf Cori zu oder muss sie sich irgendwo melden? Es kann wohl nicht schaden, den zuständigen Stellen einen dezenten Hinweis zu stecken …

Ob ich ihr vorsorglich den Rest Diazepam einflöße? Oder soll ich lieber abwarten, bis sie sich von allein beruhigt hat? Ich trenne mich ungern vom Rest dieser Tropfen; wer weiß, was noch kommt und wofür ich sie vielleicht noch brauche. Außerdem müsste man wissen, welche Dosierung die richtige ist. Bei Herrn Tauber-Schnapsleiche habe ich keine Rücksicht auf Verluste genommen.

Eins weiß ich jedoch gewiss: Ich muss dringend hier raus und etwas für mein Seelenheil unternehmen. Das ganze Wochenende mit Cori zu Hause hocken halte ich nicht länger aus. Nicht eine Minute! Wie konnte ich nur an diese Heulsuse geraten? Die taugt nicht zur Freundin für mich. Aber sie ausgerechnet jetzt zu verlassen wäre auch nicht gescheit. Erst mal muss ich abwarten, bis sich die Lage entspannt hat. Und schließlich hat Cori vor kurzem ein Haus geerbt und wird bald vermutlich auch noch in den Genuss eines Geldsegens kommen. So kann ich hier prima wohnen, ohne Miete zu zahlen, und in Hamburg-Wandsbek vermutet mich keiner, jedenfalls keiner von diesen Verbrechern in Idaho. Ich wäre schön blöd, das alles jetzt hinzuschmeißen. Lass sie also ruhig heulen, so viel sie will. Ich schreibe erst mal in Ruhe meinen Roman.

22. Was für ein Dummkopf war er gewesen, diese Begegnung jahrelang vor sich herzuschieben! Wenn Friedemann gewusst hätte, wie einfach Corinna es ihm machen würde, hätte er sich schon längst zu diesem Schritt entschlossen. Denn nun saß er schon seit anderthalb Stunden neben ihr auf dem Sofa und hielt seine weinende Tochter im Arm. Soeben reichte er ihr ein weiteres Papiertaschentuch. Er hatte bereits das zweite Päckchen geöffnet, doch war noch kein Ende des Tränenstroms abzusehen. Alle Sehnsucht, die seine Tochter je nach ihrem Vater empfunden haben mochte, brach sich in dieser Stunde Bahn. Oder flossen da etwa auch Freudentränen und nicht nur solche des Kummers? Zwar hatte Carl Friedemann ungezählten Fremden seelsorgerlich beigestanden, denen er zuvor traurige Botschaften hatte übermitteln müssen, dennoch kannte er sich im Hinblick auf weibliche Tränen nicht aus. Gisela war ein eher nüchterner Typ gewesen. Selbst als sie mit der grausamen Diagnose „Krebs“ konfrontiert worden war, hatte sie nicht geweint. Im Gegenteil, er war es damals gewesen, der die Fassung verlor und sich von ihr hatte trösten lassen.

Aber offenbar machte er bei seiner Tochter intuitiv alles richtig. Sie beschwerte sich nicht über seine etwaige Ungeschicklichkeit, sondern schmiegte sich vertrauensvoll an ihn und ließ ihre Tränen ungehemmt in seinen Kragen rinnen; ein wenig Schnott mischte sich auch hinein. Behutsam strich er der jungen Frau übers Haar und murmelte Worte vor sich hin, deren Sinn und Zweck er selbst nicht richtig verstand. „Ich weiß, ich weiß“, hörte er sich sagen und: „Alles wird gut.“

Seltsam, wie diese junge Frau, die letztlich doch eine vollkommen Fremde war, ihm so vertraut erscheinen konnte. Als hätte er sie schon immer gekannt. Ob es ihr ebenso ging? Die Zeit würde es zeigen. Und er durfte es wohl auch ein wenig zu hoffen wagen. Allein schon, dass sie ihm nicht sofort die Tür vor der Nase zugeschlagen hatte, als er geklingelt und sein Sprüchlein aufgesagt hatte, war doch ein Wunder! „Guten Tag, mein Name ist Carl Friedemann. Sind Sie … Corinna Rühling? Ich kannte Ihre …“ Sie hatte ihn mit ihren großen Kinderaugen angeguckt und er hatte sich korrigiert: „Ich kannte deine Mutter, Cornelia. Nun, also … Ich glaube, ich bin … Ich fürchte … Ich muss …“

Er hatte sich wie der letzte Trottel benommen. Sie aber hatte genickt und ihn in ihr Haus gebeten. Vielleicht würde ja doch noch alles gut und seine Tochter gab ihm eine Chance. Oder war es sogar Gott, der ihm eine Chance gab? Wie es wohl wäre, ganz ohne Lebenslüge zu leben? Vielleicht ergab sich sogar eine Gelegenheit, den Schaden, den er angerichtet hatte, soweit es ihm möglich war wiedergutzumachen.

Eine Weile hing Friedemann solchen Gedanken nach, während sich Corinna an seiner Seite gründlich ausweinte. Allmählich ebbten die Schluchzer ab. Da er aber Angst hatte, seine Tochter zu früh mit all dem Ungesagten zu überfallen, das ihm seit nunmehr dreieinhalb Jahrzehnten die Seele beschwerte, beschloss er zu warten, bis sie von sich aus zu sprechen begann. Ihr mochte es wie Geduld erscheinen, im Grunde war es aber doch nur wieder seine altbekannte Feigheit, die sein Verhalten bestimmte. Seine Umwelt schätzte seine vermeintliche Ruhe und die Fähigkeit abzuwarten als besondere Tugenden ein, er aber wusste genau, wie die Missverständnisse zustande kamen.

Endlich hatte sie sich beruhigt und richtete sich auf. Von der Seite her warf sie ihm einen verlegenen Blick zu, der ihn ein wenig an die verstorbene Prinzessin Diana erinnerte. Die war auch so ein scheues Reh gewesen. Unglaublich, dass diese hübsche junge Frau seine Tochter war!

„Entschuldigung!“ Ein letzter Schniefer. „Und Sie sind wirklich mein … Entschuldigung, ich hab den Namen vorhin nicht verstanden.“

„Friedemann … Ich meine Carl.“

Er geriet tatsächlich ins Stottern. „Wir können uns aber duzen, oder? Ich würde sagen … Aber natürlich nur, wenn es, äh … dir … nichts ausmacht, Corinna." Ob er ihr auch vorschlagen sollte, ihn mit „Vater" oder gar „Papa" anzureden? Oder sollte er das besser ihr überlassen?

„Karl Friedemann." Sie schüttelte den Kopf. „Und ich dachte, der Mann von Ute Tauber, Christian Tauber-Sperling, sei mein Vater."

„Christian? Aber nein."

„Aber …"

„Nein, nein, das weiß ich ganz genau."

„Aber meine Mutter … In ihrem Tagebuch … Ich habe nämlich erst kürzlich Briefe von ihr zu lesen bekommen, die sie an ihre Schwester schrieb, als sie mit mir schwanger war. Ich bin bei meiner Tante aufgewachsen, wissen Sie. Sie hat mich sogar adoptiert, deshalb habe ich sie bis vor kurzem für meine leibliche Mutter gehalten. Deshalb bin ich jetzt auch so … Jedenfalls ist in diesen Briefen immer von C. die Rede, wenn sie über meinen Vater schreibt. Also Christian und nicht Karl … Und sie muss es doch wohl …"

„Carl mit C", beeilte Friedemann sich zu sagen. „Ich schreibe meinen Namen mit C. Ich bin dein Vater, Corinna, ich weiß es gewiss. Es stimmt wohl, dass sie mit Christian Tauber … also dass die beiden miteinander gingen, wie wir es damals nannten. Connie und ich … Na ja, das führt jetzt zu weit, das war alles etwas komplizierter. Aber Christian war zeugungsunfähig. Soweit ich weiß, hatte er als Kind Mumps, und da gab es Komplikationen. Connie war sich ganz sicher damals, dass ich der Vater bin. Nur …"

Er verstummte. Wenn sie ihn doch nur nicht so anschauen würde! Es fiel ihm schwer, in seiner Beichte fortzufahren, aber gerade weil es ihm so schwer fiel, mit der Wahrheit herauszurücken, brach sie desto vehementer aus ihm heraus. „Aber ich war verheiratet. Ich konnte nicht anders."

Es war vollbracht.

Oder doch noch nicht ganz.

„Meine Frau hieß Gisela, sie ist vor einigen Jahren gestorben. Krebs. Vielleicht ist sie auch an Verbitterung gestorben, das werfe ich mir manchmal vor. Sie konnte keine Kinder bekommen, weißt du, deshalb konnte ich sie damals nicht verlassen. Es wäre zu ungerecht gewesen, verstehst du?“ Er spürte selbst, dass er besser aufhören sollte, aber er redete weiter, auf die Gefahr hin, sich um Kopf und Kragen zu reden. „Ich meine, Connie hatte doch das Kind. Also dich. Und Gisela …“

Er brach ab. Wie würde seine Tochter den Satz zu Ende denken? Du musstest meine Mutter und mich im Stich lassen, weil deine Frau keine Kinder bekam? Und wieso war sie am Ende trotzdem verbittert, obwohl du bliebst?

Aber Corinna schwieg.

„Ich konnte doch nicht ahnen, dass sie sterben würde.“ Er sah auf seine Hände. „Ich weiß, das klingt gotterbärmlich. Die Wahrheit ist, Corinna, ich war ein feiger Hund. Was meinst du, ob du mir irgendwann einmal verzeihen kannst?“

Sie versuchte zu lächeln, aber es geriet zu einer Grimasse. Einen Moment fürchtete Friedemann, seine Tochter würde wieder in Tränen ausbrechen, aber sie fing sich.

„Entschuldigen Sie … Entschuldige, meine ich … Ich brauche jetzt einen Tee. Sie vielleicht auch? Hagebutten? Oder lieber Earl Grey?“

„Hagebuttentee liebe ich auch“, sagte Friedemann. Vielleicht die Gene, dachte er.

Corinna stand auf, lief in die angrenzende Küche hinüber, wo er sie geschäftig hantieren hörte. Eine Weile ließ sie den Wasserhahn laufen, wusch sich offenbar das Gesicht. Als sie mit dem Teetablett zurückkam, hatte sie immer noch hektische rote Flecken auf den Wangen, sah aber frischer und gefasster aus als zuvor. Sie hatte nicht nur ein Kännchen Tee aufgesetzt – richtigen Hagebuttentee und nicht die üblichen Beutel, mit denen er sich zufrieden gab –, sondern brachte auch noch ein Tellerchen mit Keksen mit, das sie verlegen vor ihm abstellte. „Die sind von vorgestern, leider nicht ganz frisch“, entschuldigte sie sich.

„Ach, mein Mädchen.“

Sie hockte sich wieder neben ihn an den Rand des Sofas und sah ihn aufmerksam an. Friedemann schien es, als nähme sie ihn überhaupt erst jetzt richtig wahr.

„Ich kann es noch gar nicht fassen.“

„Ich auch nicht“, antwortete er. Der Gedanke schoss ihm durch den Kopf, dass er vor Urzeiten einmal fast genauso mit ihrer Mutter auf einer Couch gesessen und fast dasselbe Gespräch geführt hatte.

Jetzt aber war es seine Tochter, die probeweise seinen Namen sagte und dabei das A dehnte, als wolle sie ihn etwas fragen. Langsam, beinahe zögerlich tastete sie sich vor bis zum L. Und dann noch einmal, diesmal schon mutiger. „Carl.“ Und schließlich ungläubig lächelnd. „Carl!“

„Corinna.“ Zärtlich streichelte er ihr über das blonde Haar. Im Eingang hörte er ein Geräusch, aus dem Augenwinkel nahm er links hinter sich eine Bewegung wahr. Als er aufblickte, war es zu spät, um sich noch zu verteidigen oder wegzuducken. Er sah etwas auf sich zukommen, konnte aber nicht mehr erkennen, worum es sich handelte.

Der Schlag traf ihn schräg an der Stirn.

23.

Während der Lektüre hatte Thomas Lemaitre Zeit und Raum um sich herum vergessen. Nun saß er wie elektrisiert an seinem Schreibtisch und revidierte in Gedanken alle Schlüsse, zu denen er bislang im Mordfall Ute Tauber gekommen war. Diese Frau schien ein ziemlich schlimmer Finger gewesen zu sein. Ob sich ihr Charakter im

Lauf der Jahre gebessert hatte? Es durfte bezweifelt werden. Im Gegenteil war es doch meistens so, dass sich jugendlicher Idealismus mit den Jahren verlor und dass selbst Menschen, von denen man es nicht vermutet hätte, zunehmend karrieresüchtig wurden und sich entsprechend immer rücksichtsloser verhielten. Hingegen kam die Läuterung von Egozentrikern vergleichsweise selten vor.

Ute Tauber war eine skrupellose Intrigantin gewesen. Und wenn er hier eins und eins richtig zusammenzählte, hatte sie eine wirkliche oder vermeintliche Konkurrentin regelrecht in eine Depression hineingetrieben. Was mochte aus der Frau und dem Kind, das diese Cornelia damals erwartet hatte, geworden sein? Der Vater des Kindes, dieser ominöse C., hatte sich gegen Mutter und Kind entschieden. In solch einer Vorgeschichte konnte durchaus auch ein Mordmotiv stecken.

C. wie Christian Sperling, dachte Lemaitre. Oder auch C. wie Carl Friedemann. Beide Männer hatten sich am Nachmittag von Tauber-Sperlings mutmaßlichem Suizid getroffen. Und diese Tagebuchaufzeichnungen hatten bei ihrem Treffen eine Rolle gespielt. Das konnte kein Zufall sein. Er musste dringend seinen alten Bekannten Carl Friedemann erreichen. Wo steckte eigentlich diese Visitenkarte, die Friedemann ihm bei seinem Besuch im Präsidium gestern aufgenötigt hatte?

Auf der Suche danach schob Lemaitre die Papiere auf seinem Schreibtisch geraume Zeit hin und her. Endlich fand er das Kärtchen in der Mappe, die Ute Taubers Obduktionsbericht enthielt. Aber dann verließ ihn sein Glück, Carl Friedemann ging nicht an sein Handy. Vermutlich trieb sich dieser Gospelbruder sonst wo auf dem Kirchentag herum und hatte sein Mobiltelefon abgeschaltet. Oder konnte er das Läuten seines Handys nicht vom allgemeinen Glockengebimmel oder Hallelujasingen unterscheiden? In diesem Moment überfiel Lemaitre eine gründliche Abneigung gegen alles Fromme. Aber es half nichts, er würde seinen ganz persönlichen Gang nach Canossa antreten und Carl Friedemann in dessen Wohnwagen aufsuchen. Wie hieß doch diese Kirche, vor der der ehemalige Pfarrer geparkt hatte? Eine protestantische Kirche, die nach einer Heiligen benannt war, so viel hatte er in Erinnerung. Dass es so etwas überhaupt gab!

Ihm fiel ein, dass auch die Hamburger Hauptkirchen – wiewohl evangelisch – nach diversen Aposteln oder Heiligen benannt waren. Und war nicht der heilige Michael sogar ein Erzengel? In jedem Fall handelte es sich bei all diesen St. Petri, Georg, Nikolai, Pauli oder Johannis wenigstens um bekannte Männernamen; diese Heilige jedoch, wie immer sie hieß, war völlig abgelegen.

Sein Telefon klingelte.

Hatte er Glück und Carl Friedemann meldete sich auf seinen Anruf hin schon zurück? Es war Kerstin.

„Thomas, endlich! Wo hast du denn gesteckt? Seit Stunden versuche ich, dich zu erreichen."

Wäre er nur nicht ans Telefon gegangen. Dazu, sich weitere Ausführungen religionsgeschichtlicher Natur anzuhören, verspürte er kein Interesse.

„Es gibt neue Befunde von der KTU, die du dringend wissen solltest."

„Ach ja?" Er zog sich seinen Notizblock heran und griff nach einem Kugelschreiber. „Schieß los."

„Endlich!", wiederholte seine Mitarbeiterin, und es war unklar, ob sie nur froh darüber war, ihn endlich erreicht zu haben, oder ob sie sagen wollte, dass der Fall erst jetzt Biss bekam.

„Also zweierlei. Zum einen haben wir was Interessantes in Tauber-Sperlings Hotelzimmer gefunden. Und zum anderen gibt es was, das wir gerade nicht gefunden haben."

Immer dieselben Machtspielchen, dachte er. Erst einen Köder hinhalten, dann zappeln lassen. Und an ihm erprobten sie, was er ihnen beigebracht hatte, damit sie es dann an anderer Stelle beherrschten. Gern hätte er „Zur Sache, Schätzchen" gesagt, aber es war anzunehmen, dass dieser Filmtitel aus seinen Jugendtagen der jungen Kollegin nichts sagte. Also wartete er, bis sie von selber zur Sache kam. Zum Glück war die junge Kollegin viel zu begeistert über die neue Entwicklung, um lange mit ihrem Wissen hinterm Berg zu halten.

„In Taubers, also Tauber-Sperlings Kleiderschrank steckte ein schmutziges Bettlaken, das offensichtlich nicht aus dem Bestand des *Madison-Hotels* stammt. Und rate mal, was die Kollegen daran gefunden haben." Die Frage war rhetorisch gemeint. Da platzte sie auch schon heraus: „Grasflecken und Abrieb von Birkenrinde. Was sagst du dazu?"

Die Härchen in seinem Nacken richteten sich auf. Da war es, unverkennbar. Dieses Prickeln, das sich jedes Mal meldete, wenn ein Fall eine neue Wendung bekam. „Birkenrinde?", wiederholte er. „Du meinst …"

„Haargenau. Apropos, Haare werden wir mit Sicherheit auch noch daran finden, ich meine Ute Taubers Haare. Oder andere DNA. Was man schon mal mit bloßem Auge eindeutig erkennen kann, sind gelblich schmutzige Flecken, vermutlich von dem Baustellensand, weißt du, mit dem die Pflastersteine verlegt werden. Horst Köhler von der KTU sprach von einem … Moment …" Aus dem Hörer drang Rascheln, sie schien etwas nachzuschlagen. „Hörst du, von einem *kornabgestuften Sand-Splitt-Gemisch.* Sie haben bereits eine Probe von der Baustelle eingeholt wegen der genauen Größe. Ich glaube nullkommafünf Millimeter. Oder nein, warte, *Größtkorn sieben Millimeter* steht hier noch, was immer das heißt."

„Du meinst, es könnte sich um das verschwundene Laken handeln, von dem dieser Kursleiter sprach?" Lemaitre überlegte. „Das deutet dann ja wohl zweifelsohne auf Tauber-Sperlings Täterschaft hin."

Schade! Eben hatte er noch einen Anflug von Aufregung verspürt, die Hoffnung, es könne hinter dem Fall etwas anderes stecken als nur ein trauriges Ehedrama.

„Nicht unbedingt. Was, wenn es ihm jemand untergejubelt hat? Jemand, der die Schuld auf den Ehemann lenken wollte – und auch erfolgreich auf ihn gelenkt hat. Tatsächlich sind wir ja alle erst mal auf die Selbstmordthese reingefallen. Aber was, wenn da jemand auch bei Christian Tauber-Sperlings Ableben nachgeholfen hat?“

„Diese … Barbekanntschaft?“

„Haargenau. Der Barmann und zwei Hotelgäste haben uns Beschreibungen gegeben, die zwar einerseits fundamental voneinander abweichen, andererseits aber genau mit dem übereinstimmen, was dieser Yogaheini ausgesagt hat. Mit Ausnahme der Frisur.“

Lemaitre konnte nicht ganz folgen. „Komm zur Sache, Schätzchen.“

Sie lachte. „Aye, aye, Sir. Also, der Barmann meinte, es sei eine Frau gewesen, die Hotelgäste hingegen waren sich sicher: ein Mann. Beziehungsweise ein Transvestit, der eine Perücke trug. Und der Yogakursleiter sprach von einer, halt dich fest, Kampfamazone. Ich glaube, er wollte ´Kampflesbe` sagen und hat sich nicht getraut.“

„Kampfamazone ist politisch korrekter?“

„Zumindest unüblicher.“

„Wir suchen also eine … sagen wir kräftige Frau, die beim Leichenfund an der Alster dabei war und dort das Laken an sich genommen hat. Und jetzt hat sie es zurückgebracht und in Sperlings Hotelzimmer deponiert?“

„So ungefähr.“

„Das muss aber nicht heißen, dass sie die Mörderin ist. Vielleicht hatte sie nur ein schlechtes Gewissen wegen des Souvenirs. Kleptomanie oder so was.“

„Ja, ja, das wird´s sein. Eine kleptomanische Kampfamazone, klar.“

„Ich wollte dich nur vor voreiligen Schlüssen bewahren, Kerstin.“

„Schon verstanden."

Beide schwiegen. Es war an Lemaitre, noch einmal nachzuhaken: „Du sagtest, die Kollegen hätten auch etwas nicht gefunden? Meintest du damit die Adresse dieser Frau?"

„Ne", sagte Kerstin. „Und übrigens war es meine Idee, Horst Köhler und Co. zu fragen, einmal danach Ausschau zu halten."

„Ich höre?"

„Jetzt klingst du wie Axel Milberg im Kieler Tatort. Der sagt das auch immer."

„Hat er vermutlich von mir plagiiert. Irgendwo müssen die sich ja ihre Vorbilder holen."

„Ja, genau. Ne, also pass auf. Es ist ja nicht immer nur schönes Wetter in Hamburg gewesen. Sprich, dieses Sand-Splitt-Gemisch, das da neben den Steinen lagerte, war feucht. Wer immer sich ein paar Pflastersteine gegriffen hat, hätte da reintreten müssen und das hätte sich ins Profil seiner Schuhsohlen einprägen müssen. Wenn man davon ausgeht, dass Tauber-Sperling nicht gerade seine Slipper mit der Ledersohle anhatte, als er seine Frau entsorgte. Bei seinem Vortrag trug er zum Anzug supermodische Chucks, dafür gibt es verschiedene Zeugen. An den Sohlen hätten wir was finden müssen. Ist aber nicht der Fall."

„Er könnte sie gesäubert haben."

„Du weißt, was Chucks sind?" Ihr Ton klang zweifelnd.

Das konnte er nicht auf sich sitzen lassen. „Na hör mal, Christian Sperling war ein paar Jahre älter als ich."

„Ja, aber modisch mehr auf der Höhe. Oder zumindest hat er sich bemüht, es zu sein. Also Chucks stellt man im Hotel nicht gerade zum Putzen vor die Zimmertür. Und ich habe vorsichtshalber auch noch mal im *Madison* nachgefragt wegen Schuhputzdienst und so. Tauber-Sperling hat nix putzen lassen. Und weder die Chucks noch die Lederschuhe sind blitzblank. Sie sind normal getragen, aber es klebt kein Sand daran, an keinem der beiden Paare. Und auch nicht irgendwelche Grashälmchen oder Erdklümpchen von der Alsterwiese oder so, die man sonst hätte erwarten können."

„Gepriesen sei die Hamburger Großwetterlage?"

„Haargenau."

„Gute Arbeit", lobte Lemaitre. „Wir brauchen unbedingt Phantombilder von dieser … Person."

„Öffentlicher Aufruf?"

„Mal sehen. Lass uns damit noch abwarten, bis ich … jemanden getroffen habe. Ich verfolge hier unterdessen auch eine Spur. Wäre gut, wenn ich die Vorlage sobald wie möglich bekäme. Schick sie mir auf mein Handy. Vielleicht kann uns mein Bekannter weiterhelfen und der Gang an die Öffentlichkeit ist gar nicht mehr nötig."

„Aha …?" Es war offensichtlich, dass sie jetzt Näheres von ihm hören wollte, aber Lemaitre hatte keine Lust, sein halbgares Unwissen zu diesem Zeitpunkt bereits in Worte zu fassen. „Wir bleiben in Verbindung", sagte er. „Ach, und noch etwas, Kerstin. Du bist doch Expertin in diesen Dingen. Kennst du zufällig eine Hamburger Kirche, die nach einer Frau benannt ist? Einer Heiligen, meine ich."

„Der Mariendom", kam es wie aus der Pistole geschossen.

„Nein, nein, kleiner."

„St. Agnes, St. Annen, St. Elisabeth, Edith-Stein …"

„Sind die alle protestantisch?"

Seine Mitarbeiterin überlegte kurz. „Oder wie wär´s mit St. Gertrud? Da wurde Helmut Schmidt konfirmiert."

„Klingt gut", sagte Lemaitre.

„Am Immenhof."

„Das ist es. Du bist ein Goldstück."

„Sonst könntest du es auch noch mit der Heiligen Sophie oder der Heiligen Therese probieren."

„Hör auf, mir wird schwindelig."

Lachend legte sie auf.

24. robin@googlemail.com

„Verdammt, wer ist das! Was hat das zu bedeuten, Cori?"

„Aber, aber ... Robin, was hast du ... Warum?"

„Kannst du mir endlich verraten, wer der Kerl ist!"

„Aber warum hast du das getan, Robbie?"

„Da denkt man, es ist die ganz große Liebe. Man macht alles für sie, macht sich die Finger schmutzig, und kaum geht man mal kurz aus dem Haus, schon amüsiert sich die Dame mit ihrem Lover."

„Aber Robbie, was denkst du denn! Mein Gott, du glaubst doch nicht etwa ..."

„Du wagst es, jetzt auch noch zu lachen? Du Miststück, ich werd dir gleich ..."

„Nein, Robbiiiie, nein. Bitte, Robbie! Ich kann es dir ..."

„Du verdammte ..."

„Neeeiiiii..."

25.

Lemaitre hatte die malerisch am Kuhmühlenteich, einem Nebenarm der Alster, gelegene St. Gertrud-Kirche schnell erreicht. Der Immenhof war vermutlich die einzige Straße in der ganzen Umgebung, in der es kein Parkplatzproblem gab, dachte Lemaitre, während er den Motor abstellte und Cornelia Rühlings Tagebuch vom Beifahrersitz nahm. In diesem Teil der Hansestadt war er lange nicht gewesen. Uhlenhorst war als ein ruhiges, gediegen-bürgerliches Viertel bekannt und, wie andere Hamburger Stadtteile auch, durchaus einem überschaubaren Dorf zu vergleichen. Aber auch hier hatte es im Lauf der Jahre einige traurige Fälle von Mord und Totschlag gegeben. Besonders ein sinnloser Raubüberfall am Mundsburger Damm, bei dem zwei Junkies in der Vorweihnachtszeit einen Ladenbesitzer und dessen Hund erstochen hatten, hatte Lemaitre damals, er war gerade zur

Mordkommission gewechselt, sehr mitgenommen. An diesem schönen Morgen im Mai hätte man jedoch denken können, die Welt sei ein friedlicher Ort, erfüllt von Kinderlachen, Vogelgezwitscher und Wohlgerüchen. Und frommem Gesang: Auf der Wiese am Kuhmühlenteich, in der Nähe des Grillplatzes, wo sich seine Freunde von der tippelnden Zunft gelegentlich selbstgeangelte Fische brieten, hatte sich wieder ein Grüppchen sangesfreudiger Happy-Käppi-Leute, wie Lemaitre sie bei sich nannte, versammelt. Überall standen diese Leute in diesen Tagen im Wege herum! Lemaitre bedachte sie mit einem prüfenden Blick, aber sein alter Freund Carl Friedemann war nicht unter ihnen. Vielleicht hatte er sich vor ihrem Gesang in seinen Wohnwagen geflüchtet.

Doch die Hoffnung des Kriminalkommissars, seinen alten Bekannten dort anzutreffen, wurde enttäuscht. Auch nach mehrmaligem Klopfen sowohl an der Tür als auch am Fenster der Fahrerkabine blieb im Inneren des Wohnmobils alles stumm. Friedemann war offenbar in Sachen Seelenheil unterwegs. Während Lemaitre noch um das Fahrzeug herumging und sich sodann die Nase an der Fensterscheibe plattdrückte bei dem Versuch, einen Blick ins Innere des Wohnwagens zu erhaschen, hatte sich jemand genähert. Als er aufschaute, fand er sich vis-à-vis einer großen blonden Frau, die ihm ein prüfendes Lächeln schenkte.

„Kann ich Ihnen weiterhelfen?“, fragte sie. Die Botschaft hinter den freundlichen Worten lautete freilich: „Was haben Sie an dem fremden Wagen zu suchen?“

Lemaitre beantwortete die Frage, indem er seinen Dienstausweis zückte. „Ich muss dringend mit dem Halter des Fahrzeugs Kontakt aufnehmen“, sagte er. Irgendetwas reizte ihn, hinzuzufügen: „Es geht um Mord.“ Vermutlich war es der Gesang, der ihn provozierte.

„Da muss es sich um eine Verwechslung handeln“, sagte die Frau. „Der Besitzer ist ein pensionierter Pastor, ein ganz ehrenwerter Mann. Der hat bestimmt nichts auf dem … sich nichts zuschulden kommen lassen, meine ich."

Lemaitre lächelte. „Ich suche ihn nur als Zeugen. Er könnte mir mit einem Namen weiterhelfen, vielleicht sogar auch mit einer Adresse."

„Ach so, natürlich." Die Frau sah erleichtert aus, und tatsächlich gab sie, als sie weitersprach, ihrer Erleichterung auch Ausdruck. „Heutzutage weiß man ja nie, wem man noch trauen kann. Manchmal ist die schönste Menschenkenntnis, auf die man sich so viel zugutehielt, zu nichts nütze. Tja, ich nehme an, Herr Friedemann ist irgendwo auf dem Kirchentag unterwegs. Bei den zig Angeboten, die zeitgleich laufen, dürfte es schwierig sein, ihn zu finden."

Das hatte Lemaitre auch schon befürchtet. Dennoch witterte er eine Chance. „Wohnen Sie in der Nähe oder haben Sie hier in der Kirche zu tun?", fragte er. „Könnten Sie mich verständigen, wenn er zurückkommt?"

Er reichte der Frau seine Visitenkarte.

„Natürlich, gern", sagte sie. „Kann ich Herrn Friedemann etwas ausrichten? Soll er sich mit Ihnen in Verbindung setzen?"

Lemaitre überlegte. War es denkbar, dass sein alter Bekannter ihm bewusst aus dem Weg ging? Die Möglichkeit konnte nicht ganz ausgeschlossen werden. „Ach, rufen Sie mich einfach an", antwortete er. „Und falls er abfahren will, wäre es nett, wenn Sie versuchen, ihn hinzuhalten."

Die Frau blickte ihn erstaunt an. Man sah ihr an, dass sie seine Bedenken nicht nur nicht teilte, sondern für übertrieben hielt.

Lemaitre lenkte ab. „Schöne Kirche. Können Sie mir sagen, warum Carl Friedemann sein Wohnmobil ausgerechnet hier geparkt hat?"

Die Frau lächelte. „Wie Sie selber gerade sagen, es ist eine schöne Kirche. Da vorn bei den Steinen ist übrigens der geographische Mittelpunkt Hamburgs, wussten Sie das? Und eine so günstige Parkplatzsituation wie hier, ruhig und dabei zentral gelegen, finden Sie so schnell nicht wieder …"

„Ja, vermutlich hat es nichts weiter zu bedeuten."

Sein Gegenüber schien enttäuscht.

„Außer, dass die Lage besonders schön ist, meine ich", beeilte sich Lemaitre zu sagen.

„Ja dann", die Frau steckte seine Visitenkarte ein und reichte dem Hauptkommissar die Hand, „ich muss los. Aber ich melde mich, wenn ich Herrn Friedemann sehe oder etwas von ihm hören sollte."

Auch die Sänger auf der Wiese waren dabei, ihre Sachen zusammenzupacken, um weiterzuziehen. Lemaitre schlenderte zu seinem Wagen zurück. Auf dem Weg dahin blieb sein Blick am Schaukasten der Kirchengemeinde hängen.

26. robin@googlemail.com

„Sorry, Sweetie, I´m so sorry."

„Nein, nein, mir tut es leid, Robbie. Was ich dir alles zugemutet hab!"

„Ich … ich wollte das nicht."

„Ich doch auch nicht, Robbie."

„Holy Shit."

„Bitte, bitte, nicht so fluchen, Robbielein, bitte …"

„Cut it out! Ich fluche, wann und wie immer ich möchte! Du verdammte … Oh sorry, Darling. Ich weiß auch nicht, was mit mir los ist. Ich … ich will dir doch gar nicht wehtun."

„Das weiß ich doch, Robbie, ich weiß. Aber was sollen wir jetzt machen?"

„Warte nur, Liebling, mir fällt schon was ein."

27. Eine Weile lungerte Lemaitre vor der St. Gertrud-Kirche herum und studierte die Aushänge im Schaukasten der Gemeinde. Als eher kirchenfernem Menschen waren ihm einige Ankündigungen ein Buch mit sieben Siegeln. Zunehmend ertappte er sich bei dem Gedanken, wie beachtlich es war, was eine normale Gemeinde so alles auf die Beine stellte – und es war ja nur eine von vielen in einer Stadt wie Hamburg. Es gab eine stattliche Anzahl von kulturellen und sozialen Aktivitäten. Seine antiklerikalen Statements, mit denen er in geselligen Runden gerne provozierte, kamen ihm plötzlich wie alberne Schulbubensprüche vor, dumme Vorurteile im Grunde. Vielleicht war es an der Zeit, damit aufzuhören.

Immerhin wusste er jetzt, nach wem die Kirche benannt war. Diese Gertrud von Nivelles hatte zu ihrer Zeit – in der ersten Hälfte des siebten Jahrhunderts – als eine der besten Partien im Land gegolten. Sie aber hatte auf alle Edelmänner verzichtet, war mit vierzehn ins Kloster gegangen und mit einundzwanzig bereits Äbtissin. Umsicht, Tugendeifer und Nächstenliebe zeichneten sie aus, außerdem hatte sich das Edelfräulein aus dem Hause der Karolinger die Frauenbildung auf die Fahnen geschrieben. Am besten gefiel Lemaitre jedoch der Hinweis, dass, wo immer sie erschien, Ratten und Mäuse die Flucht ergriffen, weswegen die Heilige Gertrud zur Patronin der Gärtner, Bauern und Winzer, aber auch der Gefangenen, der Seefahrer und überhaupt der Reisenden geworden war.

Gab es eigentlich auch einen Patron der Polizisten? Das sollte er demnächst mal spaßeshalber eruieren. Mit solcher Information ließe sich bei der einen oder anderen Gelegenheit sicher punkten.

Endlich hatte er alle Aushänge rauf und runter gelesen. Sollte er nachschauen, ob die Kirche geöffnet war, und dort auf Carl Friedemanns Rückkehr warten? Nein, das war vielleicht doch ein wenig übertrieben. Er beschloss, stattdessen nach einem Restaurant irgendwo in der Nähe Ausschau zu halten und sich erst einmal einen gepflegten Mittagsimbiss zu gönnen. Wann hatte er eigentlich zuletzt eine richtige Mahlzeit zu sich genommen? Im Moment konnte er sich nicht erinnern. So ging es nicht weiter.

Wenn er sich nicht täuschte, hatte er im Vorüberfahren am Mundsburger Damm vorhin diverse Lokale gesehen. Schade nur, dass er die neue Entwicklung im Fall Tauber mit niemandem erörtern konnte. Noch stand nicht einmal fest, ob es einen zweiten Fall Tauber-Sperling gab, in dem sie ermitteln mussten. Zum ersten Mal seit langer Zeit bedauerte Lemaitre, dass sein spezielles Team mit ihm allein schon vollzählig war.

28.

Als Carl Friedemann wieder zu sich kam, wusste er nicht sogleich, wer er war und was er hier machte. Fest stand nur, dass er sich nicht bewegen konnte und seine Beine nicht spürte. Dafür schmerzte sein Kopf umso mehr. Was war geschehen? Wo war er? Vorsichtig öffnete er die Augen und versuchte zu blinzeln, aber das Licht, das ihm ins Gehirn schoss, tat so weh, dass ihm übel wurde. Er schloss die Augen und würde sie erst wieder öffnen, wenn die Welt aufgehört hatte, sich zu drehen. Vorsichtig versuchte er, seine Beine zu bewegen und die Füße kreisen zu lassen, dabei schnitt ihm etwas schmerzhaft in die dünne Haut über den Knöcheln. Immerhin stieg im linken Bein ein Kribbeln von der Wade zum Oberschenkel auf. Das konnte eigentlich nur bedeuten, dass er noch im Besitz seiner Gliedmaßen war – und hoffentlich nicht nur des linken Beines?

Er wollte hinfassen, sich am Schienbein kratzen, aber auch die Arme konnte er nicht bewegen. Allmählich dämmerte ihm, dass er höchst unbequem saß, vielmehr zu einer Art Paket zusammengeschnürt schief auf einem Stuhl hing.

Jemand musste ihn an Armen und Beinen daran festgebunden haben. Aber warum? Was sollte das hier? Und zu wem gehörten die Stimmen, deren Keifen von jenseits der Nebelwand zu ihm drang?

„Aber das kannst du nicht machen, Robbie!“

„Hör auf, mir zu sagen, was ich machen kann und was nicht.“

„Ich … ich wollte sagen, das können wir doch nicht machen.“

„Und ob wir das können!“

„Aber Robbielein …“

Was waren das für Leute? Was wollten sie und was hatte er mit ihnen zu schaffen?

„Fängt das schon wieder an! Das hättest du dir eher überlegen müssen. Was lässt du auch all diese wildfremden Leute ins Haus!“

„Aber … er ist nicht wildfremd, Robbie. Ich hab dir doch gesagt, er ist mein Vater.“

„Lass dir was anderes einfallen, Cori, du weißt ganz genau: Dein Vater ist tot.“

Ging es bei dem Streit, dessen Zeuge er hier wurde, etwa um ihn?

„Und wenn ich tot sage, dann meine ich tot. Mausetot. Du weißt, was ich über diesen Kerl hier denke.“

„Aber das ist völlig absurd, Robbie. Ich liebe nur dich, das musst du doch wissen. Mit Männern hab ich gar nichts …“

„Habe ich Ohren oder nicht? Hab ich Augen? Ich habe euch doch gesehen. Und genau gehört, was ihr geredet habt. Wie zwei bekloppte Turteltauben …“

Corinna! Jetzt erinnerte sich Friedemann wieder. Er war im Hause seiner Tochter! Sie hatten sich auf Anhieb verstanden, alles war freundlich gewesen. Bis … ja, bis …

Unterdes hörten die Schimpftiraden, die an sein Ohr drangen, nicht auf.

„´Ach, mein Mädchen …`"

Gehörte die Stimme, die ihn da karikierte, einem Mann oder einer Frau? Er hätte es nicht zu sagen vermocht, aber es war eindeutig, dass sich da jemand über ihn – und Corinna – mokierte.

„´Ach, Carl …`"

Carl Friedemann stöhnte unwillkürlich laut auf.

Das Keifen hinter der Nebelwand verstummte. Dann ein herrischer Ton.

„Still!"

„Carl?! Er kommt zu sich."

Kein Zweifel, Corinnas Stimme. Täuschte er sich, oder klang seine Tochter wirklich erleichtert?

„Ich gehe nachsehen. Du bleibst hier."

Carl Friedemann duckte sich intuitiv und machte einen erneuten Versuch, die Augen zu öffnen und sich Orientierung zu verschaffen. Tatsächlich waren seine Fußgelenke mit schwarzen Lederschnüren an die Beine seines Stuhls gebunden und seine Unterarme an die Armlehnen. Bei der Lichtquelle, die ihm ins Auge stach, handelte es sich um eine von der Decke herabbaumelnde Glühbirne. Zu seiner Rechten stand ein Staubsauger, dahinter ein Scheuereimer, in dem sich ein Schrubber und ein Scheuertuch befanden. In der Ecke lagerte ein Packen Altpapier. Man hielt ihn in der Besenkammer gefangen. Aber es war doch ganz unmöglich, dass Corinna – seine Tochter – damit einverstanden war!

Die Tür, die einen Spalt breit offengestanden hatte, wurde ganz aufgerissen. Eine kräftige Frau in Jeans und Holzfällerhemd stürmte herein und baute sich dicht vor ihm auf. Friedemann bemühte sich, seine Augen weiter aufzureißen und der Frau – Es war doch eine Frau? – ins Gesicht zu schauen. Ehe er wusste, wie ihm geschah, verpasste sie ihm eine Ohrfeige. Sein Kopf flog zur Seite und knallte gegen ein Regal, das offenbar schräg hinter ihm stand. Die Wange brannte.

„Hier wird nicht gestöhnt, damit das klar ist", schnauzte die Frau ihn an.

„Jesus …"

„Und fluchen mögen wir hier auch nicht! Dies ist ein christliches Haus. Beim nächsten Mal …" Sie machte eine drohende Gebärde mit der Hand, dann kehrte sie ihm den Rücken zu, stapfte aus dem Raum und zog die Tür hinter sich zu. Im Vorübergehen schaltete sie das Deckenlicht aus.

Friedemann hörte, wie die Tür von außen abgeschlossen wurde. Schlagartig war es dunkel geworden, aber es dauerte geraume Zeit, bis sich seine überreizten Sinne an die Schwärze gewöhnten. Vor seinem inneren Auge sah er noch eine ganze Weile zwei Glühbirnen umeinander tanzen.

29. robin@googlemail.com

Dieses dumme Gänschen! Fällt auf jeden herein, der daherkommt und ihr Gott weiß was verspricht. Erst muss sie unbedingt diese Kirchentussi zum Tee einladen, was immer sie sich davon versprach und was auch immer bei deren Besuch hier passiert ist. Dann braucht nur jemand vor der Tür zu stehen und zu behaupten, er sei ihr Vater, schon wirft sie sich ihm an die Brust. Heult sich bei ihm aus und hat mich von einem Moment zum nächsten vergessen. So viel zum Thema einzige große Liebe. Diese ganze Romantik ist Schrott, ein jämmerliches Lügengebäude, das sofort zusammenkracht, sobald ein Stärkerer kommt. Vielmehr einer, der so tut, als ob er der Stärkere sei. Und sie fällt natürlich drauf rein – quod erat demonstrandum.

Oder sollte es etwa wahr sein, dass dieser Grauzopf ihr Vater ist? Das wäre schrecklich für mich. Es würde ja bedeuten, dass ich den falschen Mistkerl aus dem Weg geräumt … Nein, ich spreche es lieber nicht aus. Es ist einfach nicht möglich, dass es so ist. Ich muss jetzt die Ruhe bewahren. Und dieser Typ muss natürlich hier weg, das ist klar.

Langsam krieg ich Routine …

robin@googlemail.com

„Now cut it out, Sweetie – lass uns in Ruhe sprechen."

„Ich hör ja schon auf."

„Come on, wisch dir erst mal die Tränen ab. Okay, so ist es gut. Du kannst dir auch mit meinem Kleenex die Nase putzen. Dafür brauchst du keinen alten Mann mit unappetitlichen Stofftaschentüchern."

„Nein, Robbie. Danke, Robbie. Entschuldige bitte."

„Aber klar doch, Cori, Darling."

„Ich bin einfach so durcheinander. Dieser Carl Friedemann, weißt du …"

„Pscht, das klären wir später. Aber guck mich erst einmal an, Honey. Schau mal: Schnief und Schluchz! Siehst du, jetzt lachst du wieder. So ist es brav."

„Danke, Robbie. Wir sind wieder gut, ja?"

„Aber immer doch, Honey."

„Und was machen wir jetzt mit … Wir müssen ihn doch …"

„Pscht. Schnief und Schluchz, schon vergessen? Vergiss den Kerl für einen Moment. Komm doch mal näher, Honey."

30.

Thomas Lemaitre hatte nicht weit laufen müssen, bis er am Lerchenfeld ein gemütliches indisches Restaurant fand, in dem er seinen Magen zunächst mit einer Mullygatawny-Suppe auf weitere Speisefreuden eingestimmt hatte. Nun wartete er auf eine Portion Chicken Tikka Masala und vertrieb sich die Zeit, indem er die Fotos aus der Rechtsmedizin betrachtete, die er auf seinem Smartphone gespeichert hatte. Nachdem er die Geburtsdaten von Ute Tauber und ihrem

Ehemann miteinander verglichen hatte, wusste er, was ihn die ganze Zeit über dumpf – wenn nicht gequält, so doch zumindest irritiert hatte. Endlich konnte er den Finger darauf legen: Christian war zwar der Ältere von beiden, sah aber wesentlich jünger aus, falls es bei einem Toten noch einen Sinn ergab, so etwas zu sagen. Aber auch, als Christian Tauber-Sperling noch gelebt hatte, war da eine Diskrepanz gewesen, die stutzig machte. Selbst wenn man zugestand, dass er Ute Tauber nur von Fotos kannte und sie in natura vorteilhafter ausgesehen haben mochte, blieb es Tatsache, dass sie etwas Verhärmtes um den Mund und die Augenpartie gehabt hatte, das ihrem Mann völlig fehlte. Dabei hatte sich Ute Tauber durchaus um modisches Aussehen bemüht, von der bunten Designerbrille bis zur lilafarbenen Strumpfhose mit Paisleymuster, und sie hatte es sich auch leisten können, das Beste aus ihrem Typ zu machen, wie Frauen diesen Vorgang nannten.

Als sein Hühnchen kam, wurde Lemaitres Aufmerksamkeit kurz abgelenkt. Ein farbenfrohes Gericht wurde vor ihm platziert, das so lecker schmeckte, wie es aussah. Jedoch war er, wenn er eine Spur witterte, ein schlechter Genießer und ein undankbarer Gast – ein Grund, der zum Scheitern seiner Ehe beigetragen hatte. Schon bald griff er den Gedankenfaden wieder auf und spann ihn weiter, während er das Essen achtlos in sich hineinschaufelte. Wenn er die Pfarrerehepaare, die er kannte, Revue passieren ließ, so war es auffällig, dass die Männer, soweit er es beurteilen konnte, um einiges attraktiver waren als ihre Ehefrauen. Während es sich in Politik und Wirtschaft genau umgekehrt verhielt, da fand ein alter Sack immer noch ein attraktives Mädel, wenn er nur genug Macht oder Kohle hatte. Aber unter den evangelischen Pastoren tummelten sich erstaunlich viele gut aussehende oder zumindest eitle Männer, deren Frauen deutlich weniger hermachten – oder einfach mehr Bescheidenheit signalisierten. Zwar waren Dutt oder Knoten aus der Mode gekommen und praktischen Kurzhaarfrisuren gewichen, die keinen großen Pflegeaufwand erforderten. Aber das war es eben: das Praktische setzte sich durch. Und dann die Besserwisserei in ökologischen Fragen! Da hatte die Demutshaltung der traditionellen Pfarrersfrau mehr Erotik gehabt.

Es war doppelt schade, dass Friedemann jetzt nicht hier war. Den hätte er mit solchen Macho-Hypothesen schön in die Zwickmühle gebracht. Carls Eitelkeit hätte zustimmen mögen, aber der Anstand hätte ihm Widerspruch abverlangt. Freilich musste Lemaitre zugeben, dass er nicht unbedingt einen repräsentativen Durchschnitt an Pastorenpaaren überblickte. Aber immerhin, einige hatte er im Lauf der Jahre doch kennengelernt. Taufen, Konfirmationen, Hochzeiten und Beerdigungen im Verwandten- und Bekanntenkreis hatten ihn öfter, als ihm lieb war, in eine Kirche oder auch ein Pfarrhaus geführt, von der einen oder anderen beruflichen Verpflichtung zu schweigen. Zudem fehlten diese Leute bei keiner Fortbildung und keinem gemeinnützigen Anlass. Auch Carl Friedemann mit seinem kunstvoll geflochtenen Zopf und seiner aufrechten Haltung bestätigte seine These. Neben ihm war seine Gisela ein verhuschtes Mäuschen gewesen. Was mochte wohl unbewusst hinter dieser Partnerwahl stecken? Stellte die vordergründige Eitelkeit vielleicht im Gegenteil auch eine Art protestantische Bescheidenheit dar? Oder gar Selbstbestrafung? Und was dachten die Pastoren umgekehrt über das Paarungsschema von Kriminalkommissaren? Gab es in seinem Umfeld überhaupt noch so etwas wie eine glückliche Ehe? Seine eigene war daran gescheitert, dass er von seiner Frau erwartet hatte, zwar ihr eigenes Leben zu leben – nicht etwa, dass sie daheim saß und nichts weiter tat als auf seine allabendliche Heimkehr zu warten wie weiland Madame Maigret. Gleichzeitig aber sollte sie ihm fröhlich den Rücken freihalten, wenn er mal wieder keine Zeit hatte, sich um die Familie zu kümmern – eine Double-bind-Situation, aus der Heike ihre Konsequenzen gezogen hatte. Bei ihren anstrengenden Trennungsgesprächen hatte Lemaitre ihr, wenn auch widerwillig, recht geben müssen.

Er pickte ein letztes appetitliches Stückchen Huhn auf die Gabel, verschlang es und legte sein Besteck ab. Verdammt, wo trieb sich dieser Friedemann jetzt herum? War er vielleicht inzwischen zurückgekommen und würde gleich wieder verschwinden, während er die kostbare Zeit hier beim Essen verplemperte? Warum hatte Carl Friedemann seinen alten Kumpel – oder was immer sie gewesen waren – Christian Tauber-Sperling im Hotel aufgesucht, und was hatte es mit dem Tagebuch auf sich? Diese Kladde in Grün-Gold-Violett mit der verblassten Tinte war der Schlüssel zu allem, da war Lemaitre sich sicher. Er winkte der Bedienung zum Zeichen, dass er zahlen wollte, und probierte ein weiteres Mal Carl Friedemanns Handynummer, aber die Verbindung blieb stumm.

31. **robin@googlemail.com**

„Warte mal einen Moment hier, Darling. Ich bin gleich zurück."

„Wo gehst du hin, Robbie?"

„Ich muss mal ... nach was schauen. Soll ich dir was aus der Küche mitbringen, Sweetie? Vielleicht einen Tee?"

„Tee wäre fein, Robbie."

Kuss und Schmatz. „Bin gleich zurück, Darling. Bleib du so lange gemütlich im Heiabettchen."

robin@googlemail.com

So ist es brav, verkriecht sich gleich unter der Decke. Nicht, dass sie mir jetzt noch dazwischenfunkt. Von wegen „Der Mann ist mein Vater" und was ihr an sentimentaler Gefühlsduselei alles einfallen mag. Ich werde dem Typen die Tropfen mit Wasser einflößen. Ist bei ihm ja egal, wie das Zeug schmeckt.

„Bis gleich, Robbie. Du bist nicht mehr böse, Schatz?"

„Was ist?"

„Ich sagte, du bist nicht mehr böse, Schatz?"

„Aber nein, Sweetie. Hab ich dir doch vorhin schon erklärt."

Bisschen nervig ist sie ja, aber ich kann mir nicht helfen, Cori ist einfach zu süß, wenn sie so hilflos ist. Und Sex ist doch immer noch das beste Beruhigungsmittel für nervöse Weiber. Bisschen Fingerfertigkeit und sie fressen dir aus der Hand. „Ach Robin, was würde ich nur ohne dich machen?" Ich habe es vorgezogen, darauf keine Antwort zu geben.

Eins ist klar, dieser Mann muss auch weg. Das ist natürlich schrecklich, aber was soll ich tun? Ich hab schließlich nicht mit den Problemen angefangen. Was mischen sich all diese Leute plötzlich ungefragt in mein Leben ein?

32.

Seine Füße waren eingeschlafen, seine Beine kribbelten und brannten, die Hände schmerzten und sein Kopf drohte jeden Moment zu zerspringen. Das Schlimmste aber war der Durst. Wenn er nicht bald einen Schluck Wasser bekam, würde er verdursten. Oder ohnmächtig werden und dann nicht mehr aufwachen, niemals mehr.

Zum ersten Mal in seinem Leben fühlte sich Carl Friedemann seinem Körper völlig ausgeliefert. „Körper, das ist was für Frauen ohne Abitur", so hatte er manchmal gescherzt. Bis Gisela erkrankte und, wenn schon nicht sein eigenes, so doch das Taktgefühl seiner Mitmenschen ihn zwang, fortan auf derlei Bemerkungen zu verzichten. Im Moment aber hatte er mehr Angst vor den Reaktionen seines Körpers als vor dieser Verrückten, das war seltsam. Tatsächlich sehnte er sich danach, dass sie wieder zurück zu ihm kam, dass sie mit ihm sprach oder wenigstens das Licht anknipste. Zwar war es ihm vor sich selber peinlich, aber Friedemann fürchtete sich vor dieser Dunkelheit, die alles umschlang und allmählich sein Ich zersetzte. Daher sehnte er die Rückkehr seiner Peinigerin herbei, die allein ihn aus dieser brutalen Dunkelheit erlösen konnte. Und nach einem Schluck Wasser sehnte er sich auch.

Er sollte trotzdem versuchen, die Situation zu analysieren, ermahnte er sich. Was war passiert?

Er war hierhergekommen, um seine Tochter kennenzulernen, Corinna, und zunächst war alles gut gewesen. Zu gut vielleicht. Bis – ja, was? Er wusste nicht genau, was passiert war. Plötzlich hatte er sich in der Besenkammer wiedergefunden, und eine fremde Frau hatte sich ins Bild geschoben und die Kontrolle übernommen. Offenbar hatte sie in diesem Haus das Sagen. Wer war diese Person und was hatte sie mit seiner Tochter zu schaffen? Warum protestierte Corinna nicht dagegen, dass die andere ihn hier gefangen hielt wie einen Schwerverbrecher? Sie konnte doch nie und nimmer damit einverstanden sein! Warum setzte sie sich nicht gegen diese Irre zur Wehr? Für Carl Friedemann hatte immer festgestanden, dass seine Kinder, so er denn welche gehabt hätte, quasi automatisch Kämpfernaturen gewesen wären, mit lutherischer Tapferkeit gezeugt und sozusagen ab ovo damit gesegnet. Aber nun eine solche Feigheit … von seiner eigenen Tochter! Er konnte es nicht verstehen. Wenngleich … Der Gedanke durchzuckte ihn, dass dies genau das Vorbild gewesen war, das er abgegeben hatte: das eines feigen Mannes. Abwesend war er gewesen, scheinbar desinteressiert. Verantwortungslos. Bekam er jetzt die Rechnung für sein Fehlverhalten präsentiert? Nein, er weigerte sich zu glauben, dass seine missliche Lage als gerechte Strafe zu verstehen war. Die gerechte Strafe käme von Gott und nicht von so einer Furie, und sie käme nicht jetzt, in dem Moment, in dem er dabei war, alles wiedergutzumachen, was er versäumt hatte in all den Jahren. Die gerechte Strafe hätte ihn schon viel früher ereilt. Oder wusste er zu wenig über Gottes Sinn für Ironie und tiefere Bedeutung?

Er hätte gern Zwiesprache mit seinem Gott im Gebet gehalten, aber alles, was ihm einfiel, war die Bitte um einen Schluck Wasser. Ein bescheidener Wunsch, ein profanes Ziel. Er sollte Gott besser um Beistand bitten. Oder darüber nachdenken, wie er sich verhalten könnte, wenn die Frau wiederkam. Machte es Sinn, mit ihr zu verhandeln, sollte er ihr einen Deal anbieten? Oder konnte er einen Plan zu seiner Selbstverteidigung schmieden? Im Fernsehkrimi wäre es dem Helden inzwischen längst gelungen, sich aus eigener Kraft zu befreien. Friedemann ruckelte an seinen Fesseln, aber die Frau hatte seine Unterarme zu fest an die Armlehnen gebunden. Die Schnüre schnitten ihm ins Fleisch. Noch einmal versuchte er es, in der Hoffnung, dass er, wenn schon nicht die Schnüre lösen, so doch die Armlehnen in Gänze herausreißen könnte. Aber so sehr er auch die Zähne zusammenbiss und so heftig er sich auch gegen den Boden stemmte und an seinen Fesseln zog und zerrte, es bewegte sich nichts. Nach einer Weile gab er es auf. Wie immer, wenn er verzagt war, fiel ihm ein alberner Witz ein. George W. Bush ist gestorben und soll in die Hölle kommen. Immerhin steht ihm ein Platz in der Hölle für Very Important People zu, das bedeutet, er hat die freie Wahl seiner speziellen Höllenpein. Ein Mitarbeiter des Teufels führt ihn herum und zeigt ihm diverse Möglichkeiten, die im Angebot sind. In einer Kammer sieht er Stalin, gefesselt an einen Marterpfahl, wie er gerade von drei grässlich verrohten Folterknechten mit glühenden Zangen gezwickt wird. Die Schmerzensschreie sind schrecklich anzuhören, noch mehr Grauen aber erregt der Geruch von verbranntem Fleisch, der in der Luft liegt. Bloß das nicht, denkt George W. Bush und geht schnell weiter …

Wenn er diesen Witz in Gesellschaft erzählte, pflegte Friedemann die einzelnen Foltermethoden genussvoll auszuschmücken, bis jemand unter den Zuhörern ihn anflehte, die Story bitte abzukürzen. Meist war es eine der anwesenden Damen, die ihn darum bat; früher hatte Gisela zuverlässig diesen Part übernommen. Jetzt kürzte er die Erzählung in Gedanken freiwillig für sich selber ab und ließ George W. Bush gleich darauf die Kammer mit Saddam Hussein passieren. Der lag ausgestreckt auf einem schönen Diwan und ließ sich gerade von Gina Lollobrigida verwöhnen. Sanfte Musik spielte, es roch nach den Wohlgerüchen des Orients und das kleine Fläschchen Massageöl in Gina Lollobrigidas Hand ließ keinen Zweifel daran, was sie Saddam als Nächstes angedeihen lassen würde. Hier bin ich richtig, denkt Bush, dies ist genau meine Kammer. Das teilt er dem ihn herumführenden Teufel auch mit.

„Ich glaube, Sie verstehen da etwas falsch", sagt der. „Dies ist nicht die Hölle für Saddam Hussein. Dies ist die Hölle für Gina Lollobrigida."

Vielleicht zum ersten Mal in seinem Leben, jedenfalls soweit er sich erinnern konnte, funktionierte ein bewährter Witz für Carl Friedemann nicht. Er konnte nicht lachen. Im Gegenteil, der Witz rief ihm nur drastisch vor Augen, wie wehrlos er selber war. Wer weiß, welche Hölle hier noch auf ihn persönlich wartete! Was sollte er bloß tun? Er war so beschäftigt mit seiner Verzweiflung, dass er nicht wahrnahm, wie die Tür aufgeschlossen wurde. Erst als das Deckenlicht aufflammte und sein Blick auf das Wasserglas fiel, das dieses Mannweib in der Hand hielt, fand er sich in der Gegenwart wieder. Wasser, endlich! Vielleicht hatte Corinna sich durchgesetzt und die Verrückte zeigte ein Einsehen. Vielleicht blieb er verschont.

Er versuchte die Frau anzulächeln, aber sein Lächeln misslang. Es machte aber nichts, sie würdigte ihn keines Blickes, sondern trat entschlossen auf ihn zu und rammte ihm im nächsten Moment das Glas an den Mund.

„So, okay. Da, trink.“

Friedemann schluckte gierig, hatte aber nicht schnell genug reagiert. Etwas von der kostbaren Flüssigkeit rann ihm übers Kinn, den Hals entlang und tropfte in den offenen Kragen. Moment mal, wieso war sein Hemdkragen offen? Hatte jemand ihn aufgeknöpft, als er vorhin ohnmächtig geworden war? Einen Augenblick erfüllte ihn Bedauern über sein Missgeschick, dann musste er spucken. Pfui Teufel! Was war das?

Ehe er groß nachdenken konnte, war das Glas schon leer und wurde ihm wieder entzogen.

Die Frau wandte sich ab. „Gute Nacht!“

Friedemann wollte protestieren und sie etwas fragen.

„Warte … Warten Sie!“, rief er hinter ihr her.

Aber sie hatte bereits das Licht ausgeknipst und die Tür hinter sich geschlossen. Er war wieder allein.

33.

Diesmal hatte er mehr Glück. Zwar war Carl Friedemann noch nicht zu seinem Wohnmobil zurückgekehrt, aber die Frau, mit der Thomas Lemaitre zuvor ins Gespräch gekommen war, diskutierte vor der Kirche angeregt mit einem Mann, der sich als der Pfarrer entpuppte. Auch er wusste nicht, was Herr Friedemann hatte unternehmen wollen, konnte aber berichten, dass der Kollege im Gemeindebüro eine Adresse aus dem Telefonbuch herausgesucht hatte. Der Name hatte Frühling oder so ähnlich geheißen. Vielleicht fand der Herr Kriminalkommissar ja über die Wahlwiederholungstaste am Telefon etwas über Friedemanns Pläne heraus.

Lemaitre war dem Pfarrer ins Kirchenbüro gefolgt, wo die Enttäuschung darüber, dass Carl Friedemann anscheinend gar nicht telefoniert hatte, alsbald freudiger Erregung gewichen war. Es war geradezu klassisch: Carl Friedemann hatte sich auf einem Block die Adresse notiert und beim Schreiben mit dem Kugelschreiber so stark aufgedrückt, dass sich das Geschriebene aufs folgende Blatt durchgedrückt hatte. Zwar war sich Lemaitre bei den Ziffern nicht hundertprozentig sicher, dafür bei Namen und Adresse umso mehr. *Rühling, Bartensteiner Weg.* Er brauchte nur im Telefonbuch nachzuschlagen, um die fehlende Information zu ergänzen. Ein köstliches Gefühl, diese Gewissheit, auf der richtigen Spur zu sein: Der Anschluss lief auf die Namen Franziska und Corinna Rühling. Als Lemaitre die Namen las, fühlte er sich wie elektrisiert, schließlich war in diesem Tagebuch von einer Franzi die Rede gewesen. Er entschied sich, die beiden Frauen nicht durch einen Anruf möglicherweise vorzuwarnen; wer weiß, mit wem er es da zu tun hatte.

Kurze Zeit später stand er vor einem Einfamilienhäuschen im Bartensteiner Weg und drückte auf den Klingelknopf. Wandsbek-Gartenstadt, auch in diesem Stadtteil war er lange nicht gewesen. In seiner Jugend hatte eine Freundin von ihm hier in der Nähe gewohnt, wilde Partys hatten sie damals in deren Garten gefeiert. Verdammt lang her.

Im Haus rührte sich nichts. Noch einmal drückte Lemaitre auf die Klingel. Nachdem das elektrische Vogelgezwitscher verklungen war, hörte er endlich Schritte auf der anderen Seite der Haustür. Im nächsten Moment wurde sie, wenngleich nur einen Spalt breit, geöffnet.

„Ja?“

Eine kräftige Frau mit kurzem Haarschnitt, der fast militärisch anmutete. Sie war wie ein kanadischer Holzfäller gekleidet und guckte ihn aus dunkel umschatteten Augen missmutig an.

Lemaitre zückte seinen Dienstausweis.

„Sind Sie Franziska oder Corinna Rühling?“

„Ja“, wiederholte die Frau, nun allerdings nicht mehr mit fragendem, sondern bestätigendem Tonfall.

Das war nicht wirklich eine Antwort auf seine Frage.

„Wer denn nun, Franziska oder Corinna?“

„Warum wollen Sie das wissen?“

Lemaitre ließ sich nicht gern für dumm verkaufen, und unwirsch sein war kein Privileg junger Leute. „Also?“

„Äh … Franziska.“

„Könnte ich reinkommen?“

„Haben Sie einen Durchsuchungsbefehl?“

„Durchsuchungsbeschluss heißt das.“ Erst jetzt fiel ihm auf, dass sie mit leichtem Akzent sprach. „Nein, wofür sollte ich den benötigen?“

„Ich dachte, weil Sie reinkommen wollen. Ich habe nicht gern fremde Männer in meiner Wohnung.“

Das konnte Lemaitre zwar verstehen, trotzdem sagten ihm sein Gefühl und seine Lebenserfahrung, dass mit dieser Frau etwas nicht stimmte. Leider hatte er keine Handhabe, sich Zutritt ins Haus zu verschaffen, dafür waren die Maßstäbe, um Gefahr im Verzug geltend zu machen, zu streng.

„Robbiiiiie, ist da jemand?“

Der Ruf kam aus den hinteren Räumen des Hauses.

Die Frau an der Tür zuckte kurz, bevor sie ihrerseits zurückrief: „Alles in Ordnung, Darling. Robbie ist oben.“

„Sie sind wirklich Franziska Rühling?“, insistierte Lemaitre. Sie nickte, aber er glaubte ihr nicht. „Ist Corinna Rühling auch im Haus?“

„Hören Sie, das passt jetzt ganz schlecht. Worum geht es?“

Ja, worum ging es? Er konnte es noch nicht in Worte fassen. Aber es war mehr als ein Gefühl. Er wusste, dass er hier an der richtigen Adresse war, um einen Mord aufzuklären. Oder zwei Morde, genauer gesagt.

Im Hintergrund regte sich etwas.

„Was ist denn hier los, Robbie?“

Die Frau an der Tür wandte sich zur Seite.

„Ich hab doch schon gesagt, Robbie ist oben. Nimmt ein Bad, soweit ich weiß.“

„Aber …“

„Kein Aber. This is none of your business, Sweetie."

Dem Befehlston nach war sie es gewohnt, dass man ihr gehorchte. Sie wandte sich wieder Lemaitre zu. „Entschuldigung. Dieser verrückte Kirchentag. Unser Besuch verwechselt uns immer. Robin ist … meine Mitbewohnerin."

Wer´s glaubt, wird selig, dachte Lemaitre.

„Kannten Sie Ute oder Christian Tauber?", fragte er.

Die Antwort kam wie aus der Pistole geschossen.

„Nein. Wer soll das sein?"

„Fragen Sie Ihren Kirchentagsgast. Die Namen kennt sie bestimmt." Es hatte keinen Sinn, dieses Gespräch unter diesen Bedingungen fortzusetzen. Aber er würde wiederkommen. „Also dann, entschuldigen Sie die Störung."

„Kein Problem. Oder wie sagt man, keine Ursache." Sie grinste. „Kommen Sie gern jederzeit wieder, wenn Sie noch eine Frage haben."

Darauf kannst du Gift nehmen, dachte Lemaitre. Als Erstes würde er mit dem Wagen um die Ecke fahren und in einer Nebenstraße parken. Als Nächstes würde er Kerstin anrufen und fragen, wie weit sie mit dem Phantombild gekommen waren. Die Beschreibung des Kursleiters passte auf die Frau, die ihm geöffnet hatte. Und sie passte auch auf die Person, die zuletzt mit Christian Tauber-Sperling an der Hotelbar gesessen hatte. Hoffentlich hatte Kerstin diesen Diakon in der Zwischenzeit aufgetrieben, das würde die weiteren Schritte und Formalitäten erleichtern.

In der Zwischenzeit würde er die Rückseite des Hauses und die Nachbargärten im Auge behalten. Sicher würde, nachdem er der Frau einen Warnschuss verpasst hatte, bald etwas geschehen. Falls sie sich absetzen wollte, würde er es verhindern.

34.

Die Stimmen drangen aus weiter Ferne zu ihm, aber Carl Friedemann konnte keinen Sinn in den Worten ausmachen, die er hörte. Auch eine Männerstimme war dabei, und irgendetwas in seinem Inneren bedeutete ihm, dass diese Stimme wichtig war und dass sie ihn ganz persönlich etwas anging. Aber warum das so war und was sie gesagt hatte, konnte er nicht greifen. Und wenn, so hätte es auch nichts genutzt. Er wäre dennoch nicht in der Lage gewesen, sich bemerkbar zu machen. Verdammt, was hatte diese Person ihm eingetrichtert? Das war doch kein reines Leitungswasser gewesen, und eine harmlose Medizin gegen seine Kopfschmerzen wohl auch nicht. Er versuchte, all seine Kräfte zu mobilisieren, um einen Zipfel seines Bewusstseins zu erhaschen. Aber es war vergeblich. Was immer es war, was ihn benebelte, es fragte nicht nach seinem Willen, sondern setzte sich einfach durch. „Dein Wille geschehe" passte hier dennoch nicht. Diese Bitte war anders gemeint. So viel vermochte er noch zu denken, dann sank er wieder hinab in diese nun schon vertraute und dennoch gefürchtete Dunkelheit.

35.

robin@googlemail.com

„Wer war denn das da eben, Robin?"

„Ach, irgend so ein Spinner, der zu Franziska wollte. Nicht weiter wichtig."

„Franziska? Wieso Franziska? Wer …"

„Ist doch egal. Es ist alles unter Kontrolle, Darling."

„Aber warum hast du mich denn nicht gerufen? Kannte der Mann meine Tante?"

„Nicht, dass ich wüsste. Ehrlich, Cori, vergiss es. Alles, was der Bulle über uns wusste, steht im Telefonbuch."

„Ein Bulle? Der Typ war von der Polizei? Aber Robbiiie, wieso sagst du das nicht gleich? Du hättest mich rufen …"

„Jetzt halt endlich die Klappe. Du hast schon genug Unheil angerichtet!"

„Aber ich hab doch gar nichts …"

„Nein, du hast gar nichts. Du hast nie nichts. Was auch geschieht, du bist immer die Liebe, Brave, Unschuldige. Immer die gute blonde Lichtgestalt. Nur leider einen Tick blässlich."

„Aber …"

„Aber sonst in allem perfekt. Soll ich dir mal was sagen: zu perfekt für meinen Geschmack. Sterbens-lang-weilig perfekt! Okay, ich will nicht ungerecht sein, ein bisschen magersüchtig, das auch. Sogar ein bisschen sehr magersüchtig."

„Robin, ich bitte dich …"

„Zum Kotzen ist das. Und immer muss sich jemand anderes die Hände schmutzig machen. Wetten, deine Mutter war ganz genau so? Der geborene Opfertyp. Mein Gott, wie ich so was verachte."

„Lass bitte meine Mutter aus dem Spiel. Wir kannten sie beide nicht. Da sollten wir uns kein Urteil an…"

„Aber dich kenne ich, Darling. Und niemand wird dich je wieder so gut kennen wie ich. Nicht mal du selbst, Sweetie."

„Aber …"

„Aber, aber, aber. Immer diese Widerworte. Aber kein Wunder, bei so einem Vater!"

„Was hat denn jetzt mein Vater damit …"

„Das ist doch auch ein totaler Loser, hast du das nicht gemerkt? Denkst du etwa, der kommt hierher, um dich zu retten, Kleine? Der Typ hat deine Mutter auf dem Gewissen!"

„Ja, ich versteh, was du meinst, aber ich fand ihn trotzdem ganz sympathisch."

„Und dich hat er auch auf dem Gewissen, guck dich doch nur mal im Spiegel an! Fällst auf seine blauen Greisenaugen rein, wie blöd kann man eigentlich sein? Und vergiss nicht deine Tante! Dass sie so früh an Krebs gestorben ist, das hat doch seine Ursache!"

„Aber Robin, das kannst du doch so nicht …"

„So, das kann ich nicht? Willst du mir sagen, was ich kann und was nicht und wie ich die Welt zu interpretieren habe? Dann pass mal auf und hör genau zu, Miss Ich-weiß-alles-besser-als-andere-Leute-und-muss-keinen-Finger-rühren! Dieser Mann da unten, von dem ich dich gottlob befreit habe, wofür du mir noch ewig dankbar sein wirst, der hat dich seit nun schon – Wie lang ist das her, seit 1978? – ungefähr fünfunddreißig Jahren im Stich gelassen! Keinen Finger hat der für dich krumm gemacht. Was denkst du denn, warum er jetzt plötzlich hier auftaucht?"

„Moment mal, Robbie, was hast du da eben gesagt? Wie meinst du das, du hast mich von ihm bef…"

„Der taucht auf, weil du ein Haus geerbt hast, kapierst du das nicht? Der ist auf deine Kohle scharf, Kleine. Jahrelang kümmert er sich nicht, aber kaum gibt´s was bei dir zu holen, da steht er vor der Tür. So einer ist das."

„Was soll das heißen, Robin, ´befreit`? Was meinst du damit? Ich denke, du wolltest ihn ins Gästezimmer bringen, damit er sich ausruhen kann, weil du ihn doch mit einem Einbrecher verwechselt …"

„Vergiss es. Was zählt, ist doch nur: Ich habe dich geschützt und deine Interessen vertreten."

„Wo ist mein Vater? Robbie, was hast du …"

„Kümmer dich nicht um Details. Je weniger du weißt, desto besser."

„Oh Gott, hilf! Das geht doch nicht. Oh Himmel, hilf!"

36.

Als Carl Friedemann wieder zu sich kam, sah er als Erstes das Messer. Mit einem Schlag war er wach. Vor seinen Augen blitzte es: Ein großes Tranchiermesser bewegte sich direkt vor seinem Gesicht und das Licht der Glühbirne spiegelte sich in der Klinge.

Ein Stöhnen entfuhr ihm, auf das eine freundliche Stimme antwortete.

„Keine Sorge, Carl, ich bin es. Ich helfe Ihnen … äh, dir."

Es war Corinna. Mit sicherem Griff hielt sie das Messer in der Hand und schickte sich an, seine Fesseln zu durchtrennen.

„Moment. Ich hab´s gleich … Vater."

Noch einmal stöhnte Friedemann auf, diesmal aber bewusst, da er einen Schatten hinter Corinna wahrnahm. Die Irre! Während seine Tochter sich freundlich zu ihm heruntergebeugte und in einem beruhigenden Singsang mit ihm sprach, hatte sich die andere Frau von hinten genähert. Er wollte rufen, seine Tochter warnen, „Pass auf, hinter dir!", aber er brachte nur unartikulierte Laute zustande. Gleich würde die Fremde seine Tochter in den Schwitzkasten nehmen und ihr das Messer entwinden. Und er musste alles hilflos mit ansehen und konnte der anderen, da seine Füße noch an die Stuhlbeine gefesselt waren, nicht einmal einen Tritt verpassen.

Aber plötzlich ging alles ganz schnell. Friedemann würde später nicht sagen können, wie es genau geschehen war: Corinna war unter der anderen weggetaucht, hatte sich umgedreht und die andere hatte plötzlich das Messer im Leib stecken. In Friedemanns Stöhnen mischten sich grauenvolles Röcheln und Gurgeln, archaische Laute, die er noch nie gehört hatte und die dennoch so klangen, als hätte er sie schon immer gekannt. Im nächsten Moment sackte die Fremde vor seinen Augen in sich zusammen, wobei sie mit dem Kopf an der Stuhlkante entlang schrappte. Als sie auf den Boden schlug, blieb sie regungslos liegen, in einer unnatürlich verkrümmten Form.

Für einen Moment herrschte brutale Stille im Raum.

Dann schrie Corinna auf. „Oh mein Gott! Oh mein Gott!"

Friedemann wollte sie anbrüllen: „Mach mich los! Mach mich los!" Aber immer noch war er dem Grauen vollkommen ausgeliefert. Er konnte keine Worte bilden. Er konnte nur schauen. Und hoffen, dass er aus diesem Albtraum erwachte.

37. Seit anderthalb Stunden beobachtete Thomas Lemaitre schon das Rühling´sche Haus, aber nichts war geschehen, außer dass er bereits dreimal denselben Abba-Song auf verschiedenen Radiosendern hatte anhören müssen. Er hasste Abba. Freilich hatte er inzwischen aufgegeben, den Sender zu wechseln, da man ihrer Musik doch nicht entkam.

Er war froh, allein zu sein. Wäre er mit einem Kollegen zusammen gewesen, hätte die Versuchung bestanden, dem Partner eine Wette anzubieten: „Wetten, diese angebliche Franziska Rühling wird binnen einer Stunde mit kleinem Reisegepäck an der Hintertür auftauchen? Und dann schnappen wir sie uns und können ein paar mehr Fragen stellen als jetzt. Zumindest können wir sie fragen, ob sie immer den Weg durch den Garten nimmt, wenn sie türmt."

Gut, dass es jetzt keinen Zeugen für seine Blamage gab. Zwar konnte es noch immer sein, dass er im Prinzip Recht behielt, aber an den von ihm erwarteten Zeitraum hatte sie sich nicht gehalten.

Allmählich schmerzte sein Rücken. Halbherzig machte er ein paar Streck- und Dehnübungen, versank aber schon bald wieder in seinem Sitz. Er musste dringend mehr Sport treiben. Zu einer Verfolgungsjagd durch die Gärten besäße er nicht mehr die nötige Fitness. Dafür hätte er dann doch einen jüngeren Partner gebraucht. Endlich erlöste ihn das Klingeln seines Handys aus der Langeweile.

Wie erhofft, war es Kerstin. „Willst du erst die gute oder die schlechte Nachricht hören, Tom?"

„Die übliche Reihenfolge."

„Also erst die schlechte: Franziska Rühling ist tot."

Lemaitre richtete sich unwillkürlich auf, seine Nackenhaare desgleichen.

„Ach, schau an."

„Ist Anfang des Jahres verstorben, im Alter von … Moment, ich hab´s gleich … 64 Jahren. Corinna Rühling, die dort auch gemeldet ist, wurde von ihr adoptiert, ist aber eigentlich ihre Nichte."

„Ungewöhnlich. Aber ich hab's geahnt, die Frau vorhin an der Tür hat mich belogen. Und nun die schlechte Nachricht."

„Na, dass Franziska Rühling tot ist natürlich. Ist doch immer traurig. Für uns sind es in Wahrheit allerdings zwei gute Nachrichten und sie hängen miteinander zusammen. Wir wissen, dass die Frau log. Und sie hatte einen guten Grund, es zu tun: Inzwischen haben wir sowohl den Yogaheini als auch den Barmann vom *Madison* aufgetrieben und ganz brauchbare Phantombilder erhalten, einmal mit Locken, einmal mit Bürstenschnitt. Bei unserer Amazone könnte es sich um eine Deutsch-Amerikanerin handeln ..."

„Einen kleinen Akzent hatte sie", bestätigte Lemaitre.

„Ich war noch nicht fertig: eine Deutsch-Amerikanerin, gegen die was von Interpol vorliegt. *Red Notice*."

Lemaitre pfiff leise durch die Zähne.

„Ihr Name ist Robin Myers. Ich buchstabiere, M-Y-E-R-S. Bis November letzten Jahres hat sie in Idaho gelebt, wo sie am 14. Oktober ihre Mitbewohnerin bzw. Lebenspartnerin erschossen hat. Seitdem ist sie untergetaucht. Man vermutet sie in Europa, speziell im deutschsprachigen Raum. Ihr Vater war in Ramstein stationiert, ihre Mutter ist Deutsche."

„Okay, das langt. Ich geh da jetzt rein und nehme sie in Gewahrsam."

„Willst du nicht lieber warten, bis die Kollegen da sind? Könnte sein, dass sie bewaffnet ist."

„Ich will keine Zeit mehr versäumen. Da ist noch eine andere Frau im Haus. Nicht, dass da noch was passiert!"

„Sei vorsichtig, Tom."

„Sowieso."

„Ihre Eltern sind vor den Augen des Kindes damals bei dem Flugtagunglück ums Leben gekommen, das hat sie aus der Bahn geworfen."

„Schick mir einen Wagen.“

„Schon unterwegs.“

Nachdem er die Verbindung beendet hatte, holte Lemaitre seine Dienstwaffe aus dem Handschuhfach, lud und entsicherte sie. Er nahm den direkten Weg durch den Garten und pirschte sich leicht geduckt an die Terrassentür heran. Als er einen Blick durch die Glasscheibe ins Wohnzimmer warf, sah er zu seiner Verblüffung seinen alten Bekannten Carl Friedemann mit einer jungen Frau auf dem Sofa sitzen. Es war nicht die Gesuchte.

Die beiden schienen nicht minder überrascht, ihn auf der Terrasse zu sehen. Nach kurzem Zögern erhob sich Friedemann und trat ans Fenster, machte aber keine Anstalten, ihm zu öffnen. Sein Blick war starr auf die Waffe in Lemaitres Hand gerichtet. Lemaitre pochte mit den Fingerknöcheln der linken Hand an die Scheibe. „Mensch, mach auf, Carl!“

Die junge Frau, vermutlich Corinna Rühling, glitt an Friedemanns Seite und legte ihre Hand wie Hilfe suchend auf dessen Arm. Noch einmal klopfte Lemaitre, dann gab sich Friedemann endlich einen Ruck und betätigte den Hebel, um die Tür aufzuschieben.

„Na, endlich!“, sagte Lemaitre. „Wo ist Robin Myers?“

Jetzt war nicht die Zeit für unnötige Begrüßungsfloskeln. Ein knappes „Kriminalpolizei“ an die Adresse der jungen Frau musste reichen.

Die beiden standen starr vor ihm und antworteten nicht. Friedemann wich seinem Blick aus, in den Augen der Frau, so schien es, flackerte Entsetzen.

Lemaitre schob sich, die Waffe nach wie vor gezückt, an den beiden vorbei.

„Ist sie oben? Ihr bleibt besser hier. Pass auf sie auf.“

Die Aufforderung war an Carl Friedemann gerichtet.

„Sie ist von uns … Ich meine, also, ich habe …“

Die junge Frau fiel Friedemann ins Wort.

„Sie ist weggegangen. Vor einer Stunde schon. Waren Sie vorhin schon mal hier?“

Lemaitre ließ die Waffe sinken. „Wie meinen Sie das, weggegangen?“

„Na, weggegangen eben“, wiederholte die Frau. „Wie man so weggeht. Ich weiß nicht, wohin.“

Sie sah ihn an mit diesem flackernden Blick, den er nicht zu deuten wusste.

„Aber ich habe doch die ganze Zeit bei der Gartentür …“

Er brach ab, bevor er sich vollends lächerlich machte.

„Wieso Gartentür? Sie ist ganz normal vorne raus, durch die Haustür natürlich.“

„Was soll denn das alles?“, mischte sich Carl Friedemann ein. Lemaitre beschloss, ihn weitgehend zu ignorieren.

„Sie sind Corinna Rühling?“

Die Frau nickte.

„Können Sie mir sagen, wohin Robin Myers gehen wollte und was sie vorhat?“

„Und kannst du uns sagen, was dein Rambo-Auftritt hier soll?“

Typisch, kaum hatte Friedemann seine Sprache wiedergefunden, kehrte er schon wieder den Prediger raus.

„Robin Myers wird von Interpol gesucht, und nach allem, was man über sie weiß, können Sie von Glück sagen, Frau Rühling, dass Sie noch leben. Wissen Sie, ob Frau Myers eine Waffe bei sich führt?“

„Das ist doch absurd“, sagte Friedemann.

Aus dem Augenwinkel nahm Lemaitre flackerndes Blaulicht wahr. Ein Streifenwagen war lautlos vorgefahren, aus dem zwei uniformierte Kollegen sprangen, die sich eilig durch den Garten näherten. Lemaitre sicherte seine Waffe und drehte sich zu ihnen um. „Kehrt, Abmarsch. Der Vogel ist ausgeflogen. Parkt woanders und kommt dann wieder, der Wagen fällt zu sehr auf. Ich warte solang allein hier.“

„Ich glaube, sie hat auf dem Kirchentag jemanden kennengelernt", sagte Corinna Rühling. Sie senkte den Blick und hatte fast keinen Ton in der Stimme, als sie weitersprach.

„Sie hat mich verlassen."

„Für immer", ergänzte Carl Friedemann.

Scheiße, dachte Lemaitre. Und: Diese Pfaffen, immer müssen sie den Sack zubinden. Dieses „Für immer" wäre wirklich nicht nötig gewesen.

„Okay", sagte er laut. „Seien Sie froh drüber. Wir müssen uns trotzdem unterhalten. Ich brauche alles, was Sie über sie wissen. Woher Sie sich kannten, wie lang sie hier war, ihre Vorlieben, mögliche Kontakte, alles. Haben Sie eine Handynummer?" Die Frau nickte. „Kann ich sie haben?"

„Ich … ich weiß gerade nicht …"

„Ist das Ihr Mobiltelefon auf dem Tisch?"

„Ja, aber …"

„Sie haben die Nummer doch sicher eingespeichert. Können Sie sie mal wählen?"

Corinna Rühling wechselte einen Blick mit Carl Friedemann, den Thomas Lemaitre sich auch nicht erklären konnte. Um Panik konnte es sich doch nicht handeln? Sie ging zum Couchtisch hinüber und ergriff das Handy. Als sie ein paar Tasten gedrückt hatte, hörte man es im Nebenraum klingeln.

„Das klingt, als wäre es nebenan", sagte Friedemann erstaunt. „Sie hat ihr Handy offenbar gar nicht mitgenommen."

So ein Mist, dachte Lemaitre. Manchmal war es doch keine gute Idee, allein loszuziehen. Wären sie zu zweit gewesen, hätte sein Partner die Vordertür im Auge behalten.

Aber es war, wie es war. Er war nah dran gewesen.

Doch er hatte es gründlich vermasselt.

38. Friedemann saß in die Ecke des Sofas gequetscht und betrachtete seine Tochter, die sich neben ihm zusammengerollt hatte und schlief. In der Hand hielt er einen leeren Cognacschwenker, den er nicht abzustellen wagte, um Corinna nicht zu wecken. Sie schlief schon seit über einer Stunde, was ihm Gelegenheit gab, über die jüngsten Vorkommnisse nachzudenken. Auch wenn es blasphemisch sein mochte, so etwas zu denken: Er war hinabgestiegen in das Reich des Todes, so kam es ihm vor, und wiederauferstanden von den Toten. Er hatte den Mordversuch dieser Robin überlebt. Dafür klebte nun Blut an den Händen seiner unschuldigen Tochter. Und alles durch seine Schuld. Hätte er nicht an Ute Tauber geschrieben und sie an das Mobbing gegen Cornelia Rühling damals in Heidelberg erinnert, hätte er nicht Abbitte und Wiedergutmachung angemahnt, wäre Ute wahrscheinlich nie auf die Idee gekommen, Cornelias Tochter aufzusuchen, um sie zum Schweigen zu bringen. Dass Corinna ihr ungefähr zeitgleich geschrieben hatte und dabei die Briefe ihrer Mutter, die sich im Nachlass der Tante befanden, erwähnte, hatte Ute Tauber offenbar in Panik versetzt.

Nachdem Lemaitre sich verabschiedet hatte, hatten Corinna und er rekonstruiert, was am vergangenen Donnerstag geschehen war. War es tatsächlich erst zwei Tage her? Wie sie es auch drehten und wendeten, sie kamen immer wieder zu dem Schluss, dass Ute einen Mordanschlag auf Corinna unternommen hatte. Nur dem Zufall – und Corinnas Hausfrauenehre – war es zu verdanken, dass sie Utes hinterhältigem Anschlag nicht zum Opfer gefallen war. Sie war in die Küche gegangen, um Zitronenscheibchen für den Tee aufzuschneiden. Als sie zurückgekommen war, hatte Ute Tauber vor dem Bücherregal gestanden und die Buchrücken studiert. Corinna war eine kleine Fettspur am oberen Rand der Teetasse, die sie ihrem Gast eingeschenkt hatte, aufgefallen. Mit dezentem Griff hatte sie beide Tassen getauscht. So hatte das Verhängnis einen anderen Verlauf genommen, als von Ute Tauber geplant. Ohne es zu ahnen, hatte sie den eigentlich Corinna zugedachten Tee, in den sie ein Beruhigungsmittel geträufelt hatte, selbst getrunken. Nicht von ungefähr hatte Robin diese Tropfen in Ute Taubers Jackentasche gefunden. Die *Päpstin der Herzen*, Ute Tauber-Kirchenstar, hatte die Tochter ihres Mobbingopfers vergiften wollen, um ihren Ruf zu schützen.

„Ich kann das alles nicht fassen“, hatte Corinna ein ums andere Mal gesagt. „Ich habe fast ein halbes Jahr lang mit einer Mörderin zusammengelebt. Und nun bin ich auch eine geworden.“

Friedemann hatte sie im Arm gehalten und ihr beruhigend übers Haar gestrichen. „So darfst du nicht denken, Corinna. Es war eindeutig Notwehr.“

„Aber die größte Ironie aller Zeiten ist doch, dass Ute Taubers Tod gar nicht unsere Schuld war. Sie war selbst schuld. Robin hat nur den zweiten Stein geworfen. Ist es nicht so, Vater?“

Ja, hatte er gedacht. Und: Wer ohne Schuld ist … Er wusste ja: Er und kein anderer trug die Schuld. Er hatte diesen Stein ins Rollen gebracht.

Corinna stöhnte im Schlaf und drehte sich halb auf die andere Seite. Endlich traute sich Friedemann, sein Glas auf der Tischplatte abzusetzen. Ängstlich horchte er dabei auf ihren Atem, aber seine Tochter schlief ruhig weiter. Gesegneter Schlaf der Jugend, dachte Friedemann.

Als Lemaitre vor der Tür stand und nach Robin Myers fragte, war er drauf und dran gewesen, sich schützend vor seine Tochter zu stellen und sich selbst des Mordes oder Totschlags – oder wie immer die Juristen das bezeichnen würden – an dieser Frau zu bezichtigen. Corinna war ihm ins Wort gefallen und hatte ihn daran gehindert. So zart, wie sie aussah, schien sie gar nicht zu sein. Die Ereignisse der letzten Tage hatten seine Tochter verändert.

Wie gut, dass sein Freund Lemaitre keine Erlaubnis oder kein Interesse daran gehabt hatte, das Haus zu durchsuchen. Schließlich hatte Robin Myers´ Leiche die ganze Zeit nebenan in der Besenkammer gelegen. Als ihr Mobiltelefon klingelte, hatte er befürchtet, nun werde doch alles auffliegen. Unglaublich, wie kaltblütig Corinna reagiert hatte. Mit welcher Chuzpe war sie hinübergeeilt, um Robins Handy zu holen, mit welcher Nonchalance hatte sie es dem Kommissar ausgehändigt! Nicht auszudenken, Lemaitre wäre ihr gefolgt!

Der Kommissar hatte das Handy an sich genommen und war halbwegs zufrieden damit von dannen gezogen. Seine Kollegen allerdings parkten nach wie vor irgendwo in der Nähe und bewachten das Haus für den Fall, dass Robin zurückkehren würde.

Mit dem Verschwindenlassen der Leiche mussten sie sich daher noch Zeit lassen und warten, bis die Männer abgezogen wären.

„Die Alsterwiese kommt nicht noch mal in Frage“, hatte er vorhin gegenüber Corinna gescherzt. Einen Moment lang war er betreten gewesen, weil ihm der Witz, wie es seine Art war, herausgerutscht war – Gisela wäre entsetzt gewesen!

Corinna aber, in dieser Hinsicht unverkennbar seine Tochter, hatte seinen Zynismus noch übertroffen: „Die schöne Wiese hinter meinem Haus tut´s auch.“

Friedemann war ihrem Blick aus dem Fenster gefolgt. Ein Froschteich. Ein Geräteschuppen. Eine alte Sandkiste aus Corinnas Kinderzeit. Sie würden schon einen passenden Platz für diese Frau finden. Er würde ein Gebet für sie sprechen und eines natürlich auch für sich und Corinna.

Sollte er traurig sein, dass er den Moment, in dem er vor Lemaitre zum Helden hätte werden können, nicht ergriffen hatte? Nein, es überwog die Dankbarkeit gegenüber seiner Tochter, die seine Selbstaufopferung durch ihre beherzten Behauptungen verhindert hatte. Wenn sich die Möglichkeit bot, so leicht davonzukommen, warum sollte man sie nicht ergreifen? Das Leben brachte schon genug Probleme mit sich. Nach der Achterbahnfahrt der Gefühle in den vergangenen Stunden – und nach jahrzehntelanger Angst – durfte er nun die friedliche Zweisamkeit mit seiner Tochter genießen.

Friedemann wurde müder und müder. Er ließ den Kopf gegen die Sofalehne sinken, wobei er achtgab, sich nicht gegen die scharfen Eisenspitzen der Plastik zu lehnen, die an der Wand befestigt war. Daran konnte man sich wirklich aufspießen. Er würde Corinna vorschlagen, sie woanders anzubringen. Endlich schlief er ein. Er träumte, dass man ihm beim Abschlussgottesdienst am nächsten Morgen auf der großen Wiese im Stadtpark einen Orden antrug. Nein, Donnerlittchen, es war noch viel mehr. Das Amt des Bundespräsidenten wurde ihm angetragen. Im Traum sagte er zu.

39.

Es dauerte nicht lange, bis Lemaitres Kollegen von der Technik die spezielle App mit Diktierfunktion auf Robin Myers´ Smartphone gefunden hatten. Und es brauchte noch weniger Zeit, bis Thomas Lemaitre beim Abhören dieser seltsamen Diktate – die teils fiktive Szenen, die Robin quasi auf Band gesprochen hatte, enthielten, teils 1:1-Mitschnitte banaler Alltagssituationen oder Gespräche – auf den entscheidenden Hinweis gestoßen war. Manchmal empfahl es sich wirklich, die Probleme nicht chronologisch der Reihe nach anzugehen, sondern vom Ende her aufzudröseln.

Wie der Techniker ihm erklärte, hatte sich das Programm bei einer bestimmten Intensität der Geräusche von selbst aktiviert und automatisch alles, was geschah, mitgeschnitten. Die Aufzeichnungen waren sowohl im Telefonspeicher als auch auf der Speichercard abgelegt. Darüber hinaus hatte Robin Myers sie sich via Google an die eigene Mailadresse gemailt. Und so besaß er nicht nur sämtliche Geständnisse von ihr, die seine Kollegen für den Abschluss des Falles in Idaho brauchten, sondern wusste außerdem, wie sich Ute Taubers Tod – oder zumindest die Entsorgung der Leiche – abgespielt hatte und wo er Robin Myers jetzt finden konnte.

Was für eine Geschichte!

Zur Feier seines Fahndungserfolgs gönnte sich Thomas Lemaitre einen Absacker in einer Kneipe in der Hamburger Innenstadt, die ihm Kerstin vor einiger Zeit empfohlen hatte. Er redete sich ein, dass es ihm gut täte, hin und wieder aus Alsterdorf rauszukommen, aber insgeheim hoffte er, Kerstin dort anzutreffen. Auf dem Weg kam er an der Nikolaikirche vorbei, wo zur Zeit im Rahmen des Kirchentags eine Ausstellung über Wächter, Engel und Propheten zu sehen war. Lemaitre nahm sich vor, sie am nächsten Tag zu besuchen. Es konnte schließlich nicht schaden, auch einen positiven Eindruck vom 34. Evangelischen Kirchentag mitzunehmen.

Beim Bier dachte er darüber nach, als was von Dreien wohl Polizeibeamte fungierten. Wächter? Unbedingt. Engel? Ganz bestimmt auch. Und Propheten? Oft genug, solange sie nicht gerade eine Wette verloren.

Um Carl Friedemann die Demütigung zu ersparen, hatte Lemaitre die Festnahme seines langjährigen Bekannten und seiner Tochter den Kollegen überlassen. Oder hatte er sich in Wahrheit feige gedrückt? Auch ihm wäre die Begegnung verdammt peinlich gewesen. Ach, egal, Feigheit hin oder her, es war auf jeden Fall besser, Kerstin und Maik eine Freude zu machen, indem er diese Aufgabe an sie delegierte.

Seine Mitarbeiter im Team hielten ihn jetzt für besonders smart, ebenso die Leitung des Hauses. Sogar der Innensenator hatte sich telefonisch für die schnelle und unkomplizierte Aufklärung des Falles Tauber und Tauber-Sperling bedankt. Mit „unkompliziert“ meint er wohl „unpolitisch“, hatte Lemaitre gedacht. Letztlich aber, das wusste er, hatte er seinen Aufklärungserfolg nur dem berühmt-berüchtigten Kommissar Zufall zu verdanken, bei Krimiautoren und Kommissaren gleichermaßen verpönt.

Und nun hatte ihn ein weiterer Zufall – Kerstins Empfehlung – ausgerechnet in die Kneipe verschlagen, in der sich während des Kirchentages allabendlich der harte Kern der Organisatoren und Helfer traf, um der angepriesenen Alkoholfreiheit auf dem Event zum Trotz ein Feierabendbierchen zu kippen. Während Lemaitre überlegte, ob auch er sich zur Feier des Tages ein zweites Glas genehmigen sollte, drangen vom Nachbartisch muntere Stimmen an sein Ohr.

„Ich kann euch übrigens verraten, warum Christian Tauber-Sperling schon vor seiner Frau nach Hamburg gereist ist. Der hatte ein Geheimnis, der Mann."

„Erzähl! Eine heimliche Geliebte?"

Wie begierig die Leute doch waren, ihren Mitmenschen auf die Schliche zu kommen und über Skandale oder was sie dafür hielten zu tratschen. Je braver sie aussahen, desto lüsterner – und fantasievoller – waren sie oft.

„Nein, nein, viel besser. Der hat sich botoxen lassen, der Mann. Aber erzählt es bitte nicht weiter."

„Botoxen, wie?"

„Du weißt doch, diese Spritzen mit dem Nervengift, damit man jünger aussieht. War eben ein eitler Mann."

„Ach deshalb lächelte er immer so starr."

„Ich hab´s schon vermutet."

„Woher weißt du denn das?"

„Also, die Schwester meiner Freundin ist Arzthelferin, und die hat´s erzählt. Ihr dürft´s nur nicht weitersagen, ihr wisst ja, Praxisgeheimnis und so."

„Ehrensache."

„Na denn, Prösterchen."

„Auf den Gesichtskrampf!"

Lemaitre atmete durch. Das war es also. Eine einfache Erklärung für sein Unbehagen. Und zum zweiten Mal hatte er des Rätsels Lösung diesem Kerl namens Kommissar Zufall zu verdanken. Das durfte er niemandem sagen.

Komisch, dache Lemaitre. Während er den Zufall nicht mochte und an Schicksal nicht glaubte, dachten manche Menschen, Zufall und Schicksal seien in Wahrheit eins. Und die fröhlichen jungen Menschen am Nebentisch mit ihren eifernden Stimmen und ihren rührend glühenden Gesichtern nannten das, was er Kommissar Zufall nannte, vermutlich Gott.

Anmerkung der Verfasserin:

„Glasierte Predigten" > S. 78 < zitiert nach
Andreas Flick, Hannegreth Grundmann und Kurt Perrey:
Bibelfliesen und Fliesenbibel. In: *Bibelreport 1/2011,*
ISSN 0933-9949, S. 9–11. Mehr unter: www.bibelfliesen.de

Weitere *K*irchen*K*rimis – www.kirchenshop-online.de

168 Seiten, kartoniert
ISBN 978-3-8048-4495-7

„Totenblumen“. Unter diesem düsteren Omen steht der Gemeindeausflug nach Südengland. Auch Pastor Falke ahnt die Gefahr, bleibt aber lieber ahnungslos. So sterben drei Menschen, bevor Falke – als Detektiv wider Willen – den Fall löst. *Die Reise wird zur dramatischen Bühne, auf der die Konflikte, das Scheitern, die Hoffnungen und Wünsche der Gemeindeglieder ausgebreitet werden ... Christian Uecker ist ein kurzweiliger Kirchenkrimi gelungen.* (Pastor Martin Schulz)

Christian Uecker, geb. 1956, verstarb unmittelbar nach Fertigstellung dieses Krimis. Er war Pastor bei Lübeck und schrieb insgesamt sieben *K*irchen*K*rimis.

168 Seiten, kartoniert
ISBN 978-3-8048-4500-8
auch als Hörbuch erhältlich

Christian Uecker bietet in diesem Buch erneut *Spannung auch für Atheisten* (Kieler Nachrichten). Ort der Handlung – die sich wieder um Pastor Frank Falke dreht – ist die Nordseeinsel Amrum: Hier wird vom „Club der Poeten“ die „Woche der Poesie“ veranstaltet. Doch die Amateur-Dichter schmieden mehr Intrigen als Reime: bis einer von ihnen an der Amrumer Nordspitze, der Odde, ganz prosaisch erschlagen wird. Die Leiche findet ausgerechnet Falke: *der Nachfahre von Gilbert K. Chestertons unsterblichem Pater Brown* (Der Spiegel). *Der Krimi ist absolut spannend und dabei auch noch originell.* (Bayerischer Lehrer- und Lehrerinnenverband)

Ratgeber von Jörg Müller – www.kirchenshop-online.de

Dr. Jörg Müller, Jg. 1943, studierte Theologie, Philosophie, Psychologie und Psychopathologie. 1975 Promotion. Prof. für Religion und Psychologie in Salzburg. Ab 1976 klinischer Psychologe mit eigener Praxis. Seit 1989 Pallottiner. 1994 Priesterweihe. 1995 Gründung der „Heilenden Gemeinschaft", einer therapeutischen Einrichtung. (www. pallottiner-freising.de)

- Antenne ohne Erdung
  Weshalb religiöse Menschen oft übertreiben
- Hätten Sie's gewusst?
  100 Antworten auf Glaubensfragen für eilige Zeitgenossen
- Ich habe dich gerufen – *Meine Erfahrungen mit Gott*
- Die infantile Gesellschaft
  Wie unsere Erziehung ein gesundes Selbstwertgefühl verhindert
- Leben Sie schon oder existieren Sie noch? – *Von Burnout, Aufschieberitis und dem trügerischen Gefühl, etwas zu verpassen*
- Lebensängste und Begegnung mit Gott
- Der missverstandene Jesus – *Weshalb das Christentum in erster Linie therapeutisch und nicht moralisch ist*
- Nein sagen können
  Verständnis und Missverständnis christlicher Demut
- Sinnvoller leben mit der Paulus Strategie
  Gedanken für jede Woche des Jahres
- Und heilt alle deine Gebrechen
  Psychotherapie in christlicher Sicht
- Von Glücksvögeln und Pechpilzen
  Weshalb sind so viele Menschen unglücklich?
- Was kränkt, macht krank
  Welche Bedeutung haben psychosomatische Erkrankungen?